O verão selvagem
dos teus olhos

●●--

Ana Teresa Pereira

O verão selvagem
dos teus olhos

todavia

para Daphne du Maurier

*Fiery the Angels rose, and as they rose deep thunder roll'd
Around their shores* [...]

William Blake

1. *Je reviens* 11
2. Manderley 16
3. Os lilases na biblioteca 21
4. Junto ao rio 26
5. Um vulto escuro caminhava nos bosques 31
6. As pinturas de El Greco 36
7. Alice do outro lado do espelho 41
8. O jardim abandonado 46
9. Os caminhos no bosque 51
10. O monstro 56
11. O cheiro das azáleas 61
12. Os rododendros 66
13. Sonhar sonhos 71
14. O segundo acto 76
15. Os objectos 81
16. As noites de chuva 86
17. Caroline de Winter 91
18. Como a chama de uma vela 96
19. O nevoeiro 101
20. A tempestade 106

I.
Je reviens

Os últimos dias de abril. Há nevoeiro, fundo como um poço, com um leve cheiro a flores. Na terra onde vivemos os rododendros e as azáleas começam a florir nos últimos dias de abril. Como algo de novo. Perturbador e novo. E sentimo-nos justificados, porque o jardim é a nossa criação, o trabalho das nossas mãos e da nossa alma, e de alguma forma parece-se connosco, tem o nosso cheiro. Quando nos encontrámos em Madrid ele disse-me que eu cheirava a alperce. E de vez em quando a tangerina. Mais tarde disse-me com uma expressão estranha no rosto que eu tinha o cheiro das azáleas, o cheiro do jardim, a parte do jardim de que ele mais gosta, entre os relvados e o mar. Um vale tranquilo.

Algumas espécies de rododendros vivem centenas de anos. Crescem nos bosques, onde têm sombra todos os dias. Nutrem-se directamente do húmus do solo, já que as folhas caídas no outono, das árvores que os rodeiam, apodrecem na terra. A humidade imprescindível às raízes mais finas é retida pela matéria orgânica, e os nutrientes voltam ao solo seguindo um ciclo natural.

Pergunto a mim mesma como será viver centenas de anos. O pintor japonês Hokusai escreveu que aos setenta e três anos começava a compreender a natureza dos pássaros, dos animais, dos peixes, dos insectos, a natureza vital das ervas e das árvores, talvez aos noventa penetrasse mais fundo no mistério das coisas, aos cem o seu trabalho teria atingido a fase do espanto, aos cento e dez, cada ponto, cada linha, estariam vivos.

Na verdade, eu nunca quis viver muito tempo. Acabar cedo, e rapidamente, como a chama de uma vela que alguém sopra no escuro. Não gostava da ideia de envelhecer. E ultimamente já havia algo, umas linhas no canto da boca, começa pela boca...

Os espelhos vazios reflectem as salas e as jarras de flores, e só depois o rosto, afilado, pálido, os olhos verdes, quase cinzentos, o cabelo comprido e muito escuro. A mais bela criatura que ele tinha visto na sua vida. Não a mais bela mulher. A mais bela criatura. A mais bela criatura que a maior parte das pessoas viu na sua vida.

Os espelhos vazios reflectem as salas e as jarras de flores. E depois, só depois, o vulto magro que caminha devagar, como se reconhecesse o terreno, uma e outra vez. E no entanto conheço tão bem a casa, os cantos, as sombras, os móveis, os objectos, os livros. Os romances do século dezanove. Os livros de poesia. E as estantes cheias de volumes encadernados que se encontravam aqui antes de mim, que eu folheei nos primeiros tempos, mas pareciam recusar-me, como se estivessem bem assim, fechados, adormecidos. Os livros têm uma existência própria mesmo quando ninguém os lê, ninguém os folheia, ninguém os cheira. E eu deixei-os continuar o seu sono, porque estavam no fundo da casa, faziam parte da alma primitiva da casa e não precisavam de mim.

Eu sempre gostei de vaguear à volta da casa, ao amanhecer. Fazia o mesmo na casa onde cresci, ainda mais velha e mais pequena, com lilases no alpendre e um relvado à frente que no mês de março ficava coberto de narcisos amarelos.

Eu sempre gostei de vaguear, através das casas, das cidades, dos parques, dos bosques. Mas não havia nada no fim. Talvez não tenha ido suficientemente longe. Aos vinte anos planeava grandes viagens, o Japão, a Rússia, e um dia encontrei-o, em Madrid, e a partir daí a ideia de uma viagem era um hotel de cinco estrelas numa cidade europeia. E não havia nada no fim. Não se chegava a lugar algum.

Um entardecer de abril. Na nossa terra os rododendros e as azáleas começam a florir nos últimos dias de abril. Encosto-me à janela e procuro inutilmente o meu reflexo na vidraça. Lá fora os rododendros... árvores de rosas. *Rhodon* — rosa; *dendron* — árvore. As flores começam a surgir, pequenas chamas vermelhas entre a folhagem. Por baixo da janela há azáleas. Esta espécie precisa de água todos os dias, quando está em flor, de preferência água da chuva, guardada previamente, porque é ácida e está à temperatura natural. As flores, cor de pêssego, não têm cheiro. (O perfume mais forte é o da azálea *Pontica*. Nos dias de sol, um único arbusto pode envolver o jardim num perfume doce e entorpecedor.)

Finalmente o meu reflexo no vidro, misturado com as primeiras sombras. O que me tranquiliza um pouco. O rosto afilado, a grande massa de cabelo escuro. Digo baixinho o meu nome, muitas vezes seguidas, o que também me tranquiliza um pouco. Rebecca. Rebecca de Winter. E a casa chama-se Manderley. Em todas as cidadezinhas da Cornualha os turistas podem comprar postais com reproduções muito coloridas de Manderley. Na segunda-feira de manhã a casa está aberta aos visitantes.

Não me quero esquecer. De nada. Das coisas importantes. Eu sou uma mulher que perdeu o contacto com as coisas não essenciais. Uma frase de um livro, de uma peça de teatro, talvez. E, como se rezasse, tento lembrar-me das coisas essenciais.

Lembro-me da oração que dizia todas as noites, e de uma canção que uma das minhas amas me ensinou, "Willow Wally".
We lay my love and I beneath the weeping willow...

We lay my love and I beneath the weeping willow.
But now alone I lie and weep beside the tree.

Singing "Oh willow wally" by the tree that weeps with me.
Singing "Oh willow wally" till my lover returns to me.

We lay my love and I beneath the weeping willow.
A broken heart have I. Oh willow I die, oh willow I die.

Não sei porquê, estou sempre a trautear essa canção. O que não fazia desde o tempo em que rezava todas as noites, para que Deus guardasse a minha alma se eu morresse antes de acordar.

As coisas essenciais:

Há alguns anos, vi Duke Ellington a tocar piano num bar em Londres.

Numa noite de setembro, vi Michael Redgrave a representar Hamlet em Stratford-upon-Avon.

Adormeci nos bosques, em maio, no meio das campainhas azuis (e em nenhuma parte da Inglaterra elas têm este azul dos campos que rodeiam Manderley).

Num entardecer de nevoeiro, perdi-me nas ruazinhas de Londres, junto ao rio. Entrei numa loja escura e comprei um anel de prata com uma pedrinha azul.

Num museu de Paris, vi algumas gravuras de Hokusai e Hiroshige. E aprendi a olhar de outra maneira a neve, as pontes, o mar, a lua, as flores dos lilases.

Em Espanha, vi pinturas de El Greco, aqueles rostos afilados, os corpos altos e magros, e um homem disse-me que eu poderia ter sido pintada por ele, criada por ele.

Ao longo de toda a minha vida, tive cães, e cavalos, e um barco.

Eu era bela, a mais bela criatura que a maior parte das pessoas viu na sua vida.

Eu fiz um jardim com as minhas mãos, e os meus livros de botânica, e a minha alma. Com a água da chuva e as folhas do ano anterior.

Durante alguns meses, um homem esteve apaixonado por mim e eu estive apaixonada por ele.

Lá fora, é noite fechada. A massa escura dos rododendros, em frente da janela. Os sons indistintos da noite. O meu reflexo desapareceu da vidraça. Dentro da casa está escuro, a lareira está apagada, suponho que deve estar frio. Eu sempre gostei mais do frio do que do calor, mais da sombra que do sol, mais do amargo que do doce.

Não me agrada muito vaguear pela casa depois de anoitecer. Será que as criaturas da noite têm medo do escuro?

Agora vou para a biblioteca. É lá que gosto de passar a noite. Há sempre brasas na lareira... E os cestos dos cães... Gosto de sentar-me ao lado deles, as pernas dobradas, e eles adormecem tranquilos porque sabem que eu estou ali. Sentem a falta do dono. Eu também sinto.

Não é difícil encontrar o caminho para a biblioteca. A galeria central, um corredor, a porta da biblioteca. Nos últimos tempos vejo no escuro... Uma estranha familiaridade com os animais selvagens e os anjos.

Espero que ele volte. Nos primeiros meses, ele passava as noites aqui, sem dormir, a andar de um lado para o outro. Uma manhã, antes do pequeno-almoço, foi embora.

Ele tem de voltar, mais tarde ou mais cedo. Porque eu estou aqui e ele não consegue ficar longe de mim durante muito tempo.

E eu reconhecerei os seus passos, como a cadela cega reconhece os meus passos no escuro.

2.
Manderley

Aos quinze anos, sonhava com Mr. Darcy e com os contos de fadas.

Era uma manhã do princípio de maio, e o automóvel avançava devagar pela alameda escura, onde o sol não entrava. As copas das árvores fechavam-se, formando um túnel. A vegetação à volta era selvagem, trepadeiras vorazes envolviam os troncos, ervas daninhas cresciam livremente entre os arbustos. Pairava naquele lugar um silêncio cheio de pássaros.

Parece que estamos num conto dos irmãos Grimm, disse Rebecca.

O pai afastou os olhos do caminho e sorriu-lhe.

Se fosse um conto dos irmãos Grimm...

Sim.

Tu estavas na casa, no final da alameda.

Como uma princesa.

Tu és uma princesa.

Desde muito cedo que ele lhe chamava a sua princesinha. Já não era novo quando ela nascera, e a morte da mulher algum tempo depois deixara-os sozinhos. A velha casa era o seu castelo, um castelo um pouco arruinado, com cortinados de veludo a que o tempo suavizara as cores, móveis e quadros que por vezes desapareciam misteriosamente, um longo jardim onde um único jardineiro se esforçava por manter algumas plantas, as azáleas debaixo das janelas, os rododendros nas alamedas, os nenúfares nos tanques, as campânulas brancas e os narcisos no relvado.

Quando tinha seis ou sete anos, Rebecca imaginou que o pai ia deixá-la num colégio interno, numa das ruas mais sombrias de Londres, antes de perder o resto da sua fortuna. E ela viveria num sótão, com um alçapão para os telhados de Londres, e caminharia pelas ruas no inverno, com um velho vestido azul e o seu único par de sapatos, cada dia mais estragados. Mas nunca deixaria de ser uma princesa.

No entanto, não tinha motivo para preocupações. Se o pai, na juventude, perdera a fortuna da família quase sem dar por isso, o facto de ter uma filha fê-lo tomar algum cuidado. Continuava a gastar mais do que devia porque desejava que a filha tivesse tudo do melhor; como a festa que deu quando ela fez quinze anos, na qual, com um vestido branco e pequeninas pérolas entrançadas no cabelo e (pareceu-lhe) um pouco de maquilhagem, recebeu os convidados ao seu lado.

Rebecca. Era tão bonita que ele nem imaginava de onde ela viera, a mãe era encantadora mas não tinha aquela beleza profunda e perturbante, que a filha revelara logo nos primeiros anos da adolescência. Era inteligente, brilhante mesmo, e fora educada pelos melhores preceptores. Ele comprava-lhe contos de fadas e histórias de piratas, e tinha a noção de que eram os livros que ela preferia; mas desde cedo mostrara um grande interesse pela literatura e a arte.

No entanto, havia nela algo de rapazinho rebelde, na forma como lidava com os cavalos, e nadava na água mais fria, e impunha a sua vontade aos preceptores e à criadagem. Rebecca de cabelo preso para trás, seguida pelos seus dois cães, dando instruções ao jardineiro e folheando velhos livros de botânica que ele nem sabia existirem lá em casa.

Naquele dia, estava na sua versão mais feminina, com um vestido verde, demasiado caro e talvez demasiado adulto, e o cabelo escuro, muito basto, penteado para trás das orelhas.

A alameda parecia não ter fim.

Se eu vivesse aqui, disse Rebecca.
Transformavas tudo.
Se eu vivesse aqui plantava rododendros ao longo do caminho, rododendros vermelhos, e hortênsias, para florirem depois dos rododendros...
A alameda deu mais uma volta, tortuosa, e encontraram-se numa clareira ampla. A casa surgiu de repente, quase como se se materializasse à frente deles, e ambos contiveram a respiração.
É como nos postais, disse ela baixinho.
A casa de pedra cinzenta era enorme, com um desenho perfeito, as chaminés simétricas, um terraço à frente: os degraus desciam até aos relvados, que se estendiam em direcção ao mar.
Manderley. Estive aqui há muitos anos, numa festa.
Quem eram os donos?
Os senhores de Winter. E havia um rapazinho.
Ele parou o automóvel no pátio de pedra. Havia alguns estacionados mais à frente.
Um mordomo, ainda jovem, recebeu-os na entrada. Era segunda-feira, o dia em que a casa estava aberta aos visitantes. Juntaram-se a um grupo que percorria as salas do rés-do-chão.
Rebecca lembrou-se de Lizzie, visitando o palácio de Mr. Darcy. Há pouco mais de um ano que Jane Austen se tornara a sua escritora preferida. E identificava-se com as suas heroínas, Lizzie e Emma, Marianne. Como Marianne, só poderia apaixonar-se por um homem que sentisse da mesma forma que ela em relação à música, aos livros, aos poemas. Alguém tão apaixonado como ela. E ao mesmo tempo distante e orgulhoso como Mr. Darcy, talvez distante e terno como Mr. Knightley.
Ela apercebera-se há algum tempo de que a sua beleza atraía os olhares dos homens. E a ideia divertia-a. Vou ser tão bonita que terei os homens todos que quiser.

O pai começara a conversar com uma mulher jovem que fazia parte do grupo. Rebecca seguiu-os com os olhos, pensativa. Não gostava da ideia de que ele estivera ali como convidado, e agora passava como um turista pelos quartos abertos ao público. De qualquer modo, ela tinha aversão a grupos. O que lhe interessava na casa eram os quartos atrás das portas fechadas, os quartos onde eles viviam. Aproveitou o momento em que o mordomo mostrava um velho retrato e escapuliu-se por um corredor. Esperou um pouco, para se certificar de que ninguém dera pela sua fuga. Depois seguiu em frente, com toda a naturalidade, como se estivesse na sua casa. Abriu a porta do fundo do corredor. Entrou, contendo a respiração, e fechou a porta atrás de si. Só depois olhou em volta e viu que se encontrava numa enorme biblioteca.

A primeira impressão que teve, foi de que conhecia aquele lugar. A sala com as cortinas afastadas e uma janela aberta, mas onde o ar fresco parecia não entrar. As paredes cobertas de estantes até ao tecto. Havia ali um pesado cheiro a rosas e lilases e fumo de tabaco, e livros velhos. As jarras estavam cheias de lilases, e uma abelha esvoaçava entre as flores da mais próxima. A lareira estava apagada e fazia frio.

Voltou-se bruscamente ao sentir algo a roçar-lhe as pernas. Um spaniel de pêlo dourado cheirava-lhe o tornozelo. Rebecca ajoelhou-se e recebeu-o nos braços; ele lambeu-lhe a cara. Era como se a reconhecesse, como se tivesse sentido a sua falta.

Aproximou-se da secretária que estava a um canto. Havia alguns livros e tinteiros, um jornal da véspera. Um livro aberto quase no fim.

Rebecca pegou no livro com uma emoção estranha. Era uma colectânea de poemas de Stevenson, e estava aberto numa página com um poema sublinhado.

My house, I say

Leu o poema em voz baixa. Tinha a impressão de já o ter lido antes. Crescera com poemas de Stevenson que falavam da Rainha da Neve, de torres misteriosas e gaivotas, do homem que acendia os candeeiros das ruas todas as noites.

Uma voz áspera interrompeu-a.

Quem é você?

O cachorro saltitava à volta de um rapaz de uns vinte anos que entrara na sala. Uma ordem seca fê-lo deitar-se, mas os seus olhos brilhavam de adoração.

O rapaz era alto, de cabelo e olhos castanhos, e extremamente bem-parecido. Mas o seu olhar severo fê-la encolher-se um pouco.

Estava a visitar a casa.

A biblioteca não está aberta ao público.

Eu sei.

Então, o que faz aqui?

Tinha uma expressão tão ameaçadora, que Rebecca recuou involuntariamente. Mas fixou-o bem nos olhos antes de falar.

Eu já vou embora.

Quando se encontrou do outro lado da porta, largou a correr. Saiu para o jardim e encostou-se a uma árvore. Percebeu que tinha trazido o livro consigo e apertou-o contra o peito.

Diabos o levem, murmurou.

Ele tratara-a como se não passasse de uma criança. Ou uma intrusa.

E, no entanto, a estranha familiaridade que sentira na biblioteca, a forma como o cão a acolhera... Sentiu-se inesperadamente feliz.

Nem lhe ocorreu devolver o livro. Caminhou em direcção ao automóvel e esperou que o pai voltasse.

3.
Os lilases na biblioteca

À noite, gosto de sentar-me no chão da biblioteca, entre a lareira e os cestos dos cães. Tenho a impressão de que os cães são sempre os mesmos, de que foi Jasper a acolher-me carinhosamente a primeira vez que vim a Manderley. Dois cães que morrem e voltam de novo, porque esta é a sua casa. Eu pensei em matá-los, antes do que aconteceu. Pelo menos a cadela cega. Mas agora vejo que não era importante, se lhe tivesse dado um tiro ela estaria aqui, no tapete ao meu lado, e Jasper sentiria a sua presença e aninhar-se-ia de encontro ao seu corpo.

Há na biblioteca um pesado cheiro a flores, não sei se o estou a sentir ou a recordar, mesmo quando as janelas ficavam abertas durante uma manhã inteira o ar não se renovava, o cheiro a rosas e a lilases, a fumo de cigarros e a livros velhos, talvez um pouco do meu perfume e da água-de-colónia dele, o nosso cheiro. Quando cheguei a Manderley o meu perfume já pairava na casa, na biblioteca, e quase adivinhei o meu vulto numa poltrona, perto da lareira, ou de pé, endireitando os lilases numa jarra, há jarras de lilases por todo o lado, estamos em abril.

Lembro-me de que a nossa primeira recordação era a mesma, o cheiro dos lilases, as jarras de alabastro pesadas de lilases, como se tivéssemos crescido na mesma casa, como se tivéssemos brincado juntos, ele e eu. Nós somos feitos dessas coisas, a primeira recordação, o primeiro amor, os primeiros livros. Gostávamos de lilases e dos quadros de El Greco, e dos poemas de Stevenson. Mas não foi por esse motivo que ele se apaixonou por mim. Teve mais a ver com o corpo, com o rosto, com os meus olhos que o inquietavam, às vezes acho que ele casou comigo porque queria saber o que estava atrás dos meus olhos, eu era a sua América, a sua terra desconhecida. E eu...

É estranho, mas acho que já tinha resolvido casar com ele naquele dia, quando saí da casa a correr, com um livro de Stevenson na mão e uma raiva enorme por ele me ter tratado como a uma criança, por não se aperceber de que eu era bonita. Afinal, eu tinha aprendido nos romances de Jane Austen que as jovens muito bonitas e sem dinheiro encontram um Mr. Darcy ou um Mr. Knightley e são felizes para sempre.

Não sei bem o que pensava naquele dia, quando me fui embora, e o meu pai conduziu o carro de volta para a nossa casa, mas lembro-me de que não fiquei surpreendida quando nos encontrámos em Madrid, se alguma coisa me surpreendeu foi não nos termos encontrado mais cedo, era tão certo, tão óbvio, que nos tínhamos de encontrar.

Encosto-me à parede e dobro as pernas, agora gosto de sentar-me no chão, o vestido a roçar o chão. Os cães deitaram-se nos seus cestos, a cadela cega e o cachorro de dois anos, preparam-se para dormir. Sentem-se felizes porque sabem que eu estou aqui, é estranho, agora durmo com os cães. Mas eu não durmo. Velo as brasas na lareira, o seu movimento suave, e os livros velhos fechados nas estantes, e sinto o cheiro pesado das rosas e dos lilases, e do fumo de cigarro, e da noite.

Por vezes passo a noite a ruminar velhas questões, aquelas em que pensamos desde a infância, de onde venho, para onde vou, quando começou o tempo, onde começa o coração, será que os anjos caídos sabem que caíram? Lembro-me de um actor dizer que só um anjo pode representar o papel do diabo, afinal o diabo é um anjo caído.

Eu sempre me senti uma estranha, como um anjo caído que não sabe muito bem onde está, nem qual é a sua natureza;

ele é muito diferente dos que se movem à sua volta, e tem de fazer um esforço para passar despercebido. Uma questão de autodefesa.

E já na altura me tranquilizava a minha imagem no espelho, com o fato de montar a precisar de ser lavado ou um dos vestidos que o meu pai me deixava escolher em Londres e faziam Danny, a governanta, franzir o sobrolho; o cabelo puxado para trás e a cara suja de terra ou o cabelo com pérolas entrançadas e um pouco de maquilhagem, quase invisível.

Sempre senti uma certa perplexidade diante do mundo, das pessoas. Eu sempre amei, ferozmente, os animais e as plantas. Os meus cães e os meus cavalos, e o meu jardim. Mas acho que, exceptuando o meu pai, nunca gostei muito de pessoas. Talvez, muito simplesmente, não as compreendesse. O que as fazia viver, o que as fazia correr. Acho que compreendia o meu pai, até porque me parecia com ele. O seu amor pelas casas, que tinha algo de religioso. A forma como conhecia os livros, por dentro; o pequeno desenho de Degas que guardava numa gaveta da secretária e via todas as noites. O seu afecto pelos cães e os cavalos, principalmente os que domava.

Mas, porque não compreendia as outras pessoas, e tinha de viver no meio delas, tornei-me uma actriz.

Eu sempre gostei de teatro. O meu pai levava-me ao teatro, em Londres. Uma vez, passámos duas semanas em Stratford-upon-Avon, quando lá decorria um festival. E quase não perdíamos um filme: filmes russos, americanos, alemães, ingleses. Quando era miúda, sonhava vagamente ser actriz. Depois percebi que tinha mesmo de sê-lo, mas que só havia um papel para representar, o papel da minha vida, o papel de Rebecca. E a primeira vez que pensei nisso a ideia apaixonou-me totalmente, era tão bom como ser Hamlet, era melhor do que ser Hamlet, porque em mim não havia grandes indecisões, eu queria tirar da vida tudo o que ela pode oferecer.

Comecei a representar muito cedo. Nas festas que o meu pai dava por minha causa ou a que me deixava assistir. Ele comprava-me os vestidos que eu queria, e não dizia nada da maquilhagem quase imperceptível. E eu representava o papel de Rebecca, e dançava a noite inteira com rapazes, e fingia compreender os seus olhares e as suas palavras, e até mesmo os seus sentimentos.

No fundo, já actuava antes, quase inconscientemente, era uma questão de honra fazer com que as pessoas me adorassem, os parentes, as preceptoras, mesmo os criados. Acho que me dava um gozo enorme sentir-me adorada pelas pessoas que me eram indiferentes, ou por quem tinha até um certo desprezo. Mas também era cansativo. Representar cansa. E lavava a cara, como um actor que tira a maquilhagem.

Eu corria para o jardim, e assobiava a chamar os cães, e passava horas a cuidar das plantas, com um velho chapéu de palha e os livros de jardinagem ainda mais velhos.

E quando à noite me sentava na biblioteca com o meu pai, a lareira acesa, os cães deitados aos nossos pés, sonhava vagamente que um dia iria encontrar alguém, uma segunda pessoa por quem sentisse amor. Mr. Darcy, Mr. Knightley. Tinha de pôr de lado Mr. Wickham, não porque me assustasse o mau carácter, mas porque esse homem devia ter dinheiro, muito dinheiro.

A biblioteca da casa do meu pai era uma sombra desta onde estou agora, mais pequena, mais arejada, os livros estavam um pouco desarrumados e abriam-se por si, nas páginas que alguém relera muitas vezes. Duas jarras de flores. Lilases, nesta altura do ano.

Os cães estão a dormir profundamente, e só se ouvem os leves sons da noite, que não sei se vêm de dentro da casa ou do exterior. A noite é imensa, a noite é infindável, e aproximo-me mais dos cestos dos cães. A hora dos demónios já passou — a hora dos demónios é por volta das três da manhã, noite após noite, após noite.

Daqui a pouco a lareira estará apagada e uma luz suave entrará pela janela, ainda não o dia, mas algo que vem antes. E, como os cães, sentirei aquela alegria vaga perante o início de um novo dia, e depois ouvirei os ruídos da criadagem a levantar-se, das janelas a serem abertas, e, como os cães, sem saber que dia é, pensarei que é o dia da sua volta. O automóvel dele. A sua voz no vestíbulo. E os cães a correrem ao seu encontro. E eu a correr ao seu encontro, como se estes últimos anos não tivessem existido e fôssemos só um homem e uma mulher que gostam dos quadros de El Greco e sonham com os lilases da sua infância.

Mas por enquanto ainda é noite, a noite de que sempre gostei apaixonadamente, e, como os cães, procuro uma posição mais cómoda, para melhor esperar.

We lay my love and I beneath the weeping willow.
But now alone I lie and weep beside the tree.

Singing "Oh willow wally" by the tree that weeps with me.
Singing "Oh willow wally" till my lover returns to me.

Talvez seja hoje.

4.
Junto ao rio

Rebecca imaginou muitas vezes a sua vida em Londres, uma actriz desempregada, que aceitava pequenos papéis em peças de segunda ordem, em filmes sem importância; imaginou a sua vida como corista, num teatro do West End. Os homens que a esperavam todas as noites com ramos de flores amachucados. Talvez uma casa de má nota, como vira num filme alemão.

Mas sabia que o seu caminho era diferente. Foi para Londres aos dezanove anos estudar arte e línguas estrangeiras. O curso era pouco importante, não tinha a intenção de ganhar a vida com o seu trabalho. Não era isso que esperavam dela. E Rebecca, que não era actriz, representava o seu papel quase a tempo inteiro.

Em Londres, alugou um apartamento. Ficava em Richmond, perto do rio, e era o melhor que o dinheiro do pai podia pagar. Mas ela gostava profundamente daquele espaço, no fundo sempre tivera gostos simples, e o quarto amplo, a pequena cozinha e a pequena casa de banho eram mais do que suficientes. E ficava mesmo junto ao rio. O Tamisa dos seus livros de criança, a origem do nevoeiro que invadia as ruas, onde um homem, sempre o mesmo, acendia os candeeiros a gás.

Na sua infância existira um lago, onde nadava durante o verão e patinava no inverno; manejava com facilidade o pequeno barco da família. Nas férias, em estalagens da Cornualha, existira o mar, que não a assustava, mesmo quando estava muito agitado e fazia pensar em tempestades e naufrágios. Na verdade, quase nada a assustava. O medo não fazia parte da sua natureza.

No seu quarto, junto ao rio, colou mapas nas paredes; arrumou nas estantes os livros e as miniaturas de barcos que trouxera consigo. Comprou vestidos, mais de acordo com a sua nova vida. Não queria só estudar. Fazia o possível por aproveitar as aulas, o ambiente da universidade. Mas a noite apaixonava-a, a noite de Londres, os teatros, os pubs onde se tocava música de jazz. Era a primeira vez que ouvia tocar ao vivo a música que conhecia da rádio.

As longas noites de Londres, os bastidores dos teatros e os bares, onde a música aproximava os corpos. E os primeiros namorados, os colegas da faculdade, deram lugar aos amantes, os actores e músicos com quem saía à noite.

Mas não se apaixonava. Tinha um conhecimento novo e profundo do seu corpo e do corpo dos outros, mas ainda havia nela muito da leitora de Jane Austen, que sonhava com o amor. O amor, depois de tanto tempo. Vinte anos de vida que pareciam tanto tempo.

Gostava de vaguear pela cidade, sozinha, os saltos altos ecoando na calçada. Entrava nos alfarrabistas e comprava números esgotados da *Strand Magazine*, velhas edições de Stevenson e Browning (livros de pequeno formato que se podiam meter na algibeira da gabardina e levar para os Kensington Gardens ou o Embankment). Caminhar, caminhar muito. E queria viajar, ter dinheiro para fazer longas viagens.

O prédio onde vivia tinha uma porta nas traseiras que dava para um quintal mal cuidado e depois para uma extensão de relva que descia até ao rio. Gostava de sentar-se nos degraus que entravam pela água. Havia algumas roseiras por perto e o cheiro das flores tornava-se muito forte. Era sobretudo à noite que ia até lá, com um maço de cigarros. Começara a fumar em

Londres, e os cigarros tinham o gosto daquela vida, dos dias e noites livres, da música de jazz.

Jack, o primo afastado que fora o seu amigo de infância, estava de regresso a Inglaterra. Tinha vinte e três anos mas parecia mais velho, como se as noitadas e o álcool começassem já a deixar as suas marcas. Era bem-parecido, alto e de pele bronzeada.

Uma noite, ele esperava-a à porta do apartamento quando ela chegou das aulas. Rebecca atirou a bolsa com os livros para cima da cama e abriu os botões da gabardina.

Vamos até lá fora.

Ele assentiu.

A tua toca.

Saíram para as traseiras do prédio e atravessaram o relvado que os separava do rio. Chovera durante a tarde mas ela sentou-se nos degraus e aspirou com prazer o cheiro das rosas. Ele sentou-se ao seu lado.

Jack era três anos mais velho, mas ela sempre fora a mais corajosa. A que domava os cavalos selvagens, e nadava para mais longe, e manejava melhor o barco. E ele seguia-a para todo o lado. As coisas não eram muito diferentes agora.

Um candeeiro próximo envolvia-os numa claridade morna. O cheiro das rosas era quase forte de mais. Rebecca esperou enquanto ele lhe acendia um cigarro.

Meu Deus.

O quê?

Nunca pensei que pudesses ficar ainda mais bonita.

Ela sorriu.

Um ano de devassidão tornou-me ainda mais bonita.

Perdeste o ar de princesinha encantada...

Não sei se isso é bom.

Estás mais acessível.

Ela abanou a cabeça.

Não. Não creio.

Com ele, não precisava de representar. Conheciam-se desde sempre, desde o tempo em que ele lhe puxava as tranças.

Eu continuo apaixonado por ti.

Ela olhou para longe, com uma expressão um pouco cansada.

Eu já te expliquei. A verdade é que não consigo sentir nada.

Isso não tem importância.

Para mim tem.

Ele riu sem vontade.

Uma heroína de Jane Austen.

Ela mordeu os lábios.

Eu ainda espero... sentir qualquer coisa.

Ele levantou-se e falou devagar, a olhar para o rio.

Tu és a pessoa mais apaixonada que conheço. Isso está nos teus olhos, só quem nunca te olhou nos olhos...

A voz dela tinha uma nota de angústia.

Não vês que é por isso mesmo...

Queres casar por amor.

Ela ficou calada durante algum tempo. Depois soltou uma risada.

Quero casar por amor. Mas algo me diz que o homem por quem me apaixonar terá muito dinheiro.

Isso é menos romântico.

Lizzie percebeu que estava apaixonada por Mr. Darcy quando viu os relvados do seu palácio.

Ele não sorriu.

Essa é a tua versão do livro.

Eu sei.

E, no entanto, era verdade. Queria apaixonar-se, era talvez o que mais desejava na vida, mas o homem devia ser rico, e dar-lhe uma casa, um castelo. Ela, como o pai, tinha aquela religião de que os livros não falam, o amor por uma casa, por um jardim, um jardim criado com as próprias mãos. E depois, há homens que nascem para representar o papel de reis, há mulheres que nascem para representar o papel de rainhas.

E quando encontrares esse homem...

Saberei reconhecê-lo.

Sabes que eu lhe terei um ódio de morte.

Ela atirou o resto do cigarro para a água. Observou um barco que passava e desapareceu um pouco mais longe debaixo de uma ponte. Sentiu uma felicidade enorme, inesperada.

Não me importo.

Talvez eu o mate...

Ela riu.

Tu não és capaz de matar ninguém.

Mas tu és.

Ela ficou pensativa por instantes.

Suponho que sim.

Levantou-se e encostou-se ao ombro dele.

Podes ser o meu amante.

Ele abraçou-a.

Eu estarei sempre ao teu lado, Rebecca.

Ela sentiu um arrepio súbito.

Nunca me deixarás sozinha?

Não.

Vamos voltar, está bem? Estou a ficar com frio.

5.
Um vulto escuro caminhava nos bosques

Às vezes acho que me limitei a reproduzir, numa escala maior, o que me encantava na casa onde nasci. Havia um jardim de rosas quase esquecido, os arcos tinham falhas e as flores dos canteiros mal sobreviviam entre as ervas. Mas as rosas trepadeiras invadiam tudo, com flores e espinhos, e eu gostava de sentar-me lá, nas tardes de verão, a folhear os meus livros de botânica. Uma espécie de jardim de conto de fadas, abandonado ao sol, à chuva...

Mas na minha nova casa quis fazer um jardim de rosas convencional; durante meses escrevi para diversas partes da Inglaterra, a fim de conseguir as variedades que me interessavam. E o resultado foi um jardim de rosas que era um dos pontos mais conhecidos de Manderley: os arcos bem pintados quase escondidos pelas trepadeiras, City of York, Bobbie James, Awakening, as rosas inglesas, Cottage Rose, Country Lady, Country Dancer, e as outras, mais delicadas, Elizabeth Harkness, Ophelia, Michèle Meilland. E num canto, perto de um muro, as flores de Peer Gynt, que voltam no outono, Remembrance, que floresce repetidamente, Remember Me, com o seu amarelo muito suave, e as minhas rosas azuis, que na verdade são lavanda, lilases, violeta pálido, Blue Moon, Blue Nile, Blue River.

A doçura do jardim de rosas. O perfume que no princípio de verão se mistura com o das ervilhas-de-cheiro, a parte mais suave do jardim.

Está a chover, uma chuva leve que torna os cheiros muito intensos. Deitei pelos ombros uma das gabardinas que estão no quarto de jardinagem, à qual faltam alguns botões. Sempre gostei de usá-la assim, como uma capa. Ou então, quando a chuva é mais forte, visto-a e amarro o cinto, e meto as mãos nos bolsos. E ao mesmo tempo é como se estivesse a ver-me a mim mesma, uma figura cinzenta que caminha devagar no meio das rosas.

Quando passo pela casa, Jasper vem a correr ao meu encontro. Depois segue junto aos meus calcanhares, como antigamente. Continua a ser o meu cão. No fim dos relvados começam os bosques, muito densos, quase impenetráveis. Chegamos ao lugar onde o caminho de terra batida se divide em dois, e ele pára, expectante.

De um lado o caminho para Happy Valley, que segue junto a um ribeiro e ao longo do qual mandei plantar rododendros e azáleas. Max gostava de apanhar pétalas de azáleas e esfregá-las na mão, dizia que tinham o meu cheiro.

Aproximo-me de Jasper e ele abana a cauda. Não quero ir para Happy Valley, a minha alma pede algo de mais selvagem, de mais escuro, o caminho estreito onde o sol e a chuva fraca quase não entram, o caminho íngreme entre as árvores que desce directamente para a praia. Aqui não há flores.

Jasper corre à minha frente, e tenho a impressão de que corro também, como fazia em tempos, quando a vontade de afastar-me de Manderley era muito intensa, quando a harmonia das paredes daquela que era a minha casa me fazia sufocar.

A chuva aumentou e as gotas de água atravessam as árvores e caem à minha volta. O cheiro longínquo das azáleas transforma-se no cheiro do mar; saímos do bosque e estamos na praia.

Lembro-me da primeira vez que estive neste lugar. Max levou-me à outra enseada, a que fica no fim de Happy Valley, e passámos a manhã a nadar na água muito fria, no meio das gaivotas. Depois viemos até aqui, pelos rochedos escorregadios, mesmo junto ao mar. Eu disse-lhe que queria um barco e ele disse-me gravemente que sim; cumpriu a sua promessa, apesar de tudo o que aconteceu entretanto. A velha casa de barcos. Há muitos anos tive a ideia de convertê-la num chalé. Os operários trabalharam durante duas ou três semanas. Depois trouxe alguns móveis e tapetes e coloquei cortinas nas janelas. Mandei fazer estantes numa das paredes. Alguma loiça nas prateleiras, alguma roupa num armário. E jarras de flores.

Eu mesma plantei o jardim à volta, flores que resistiam à proximidade do mar, uma sebe de urze não muito alta. Uma cadeira de vime onde me sentava ao entardecer, com um maço de cigarros e um isqueiro no colo, a sonhar com longas viagens.

Às vezes tenho a impressão de que sabemos, intimamente, tudo o que nos vai acontecer. Eu preparei o chalé numa altura em que ainda não podia imaginar as longas noites sozinha... e no entanto sabia, no fundo de mim mesma já sabia, quando era pequena acreditava que tudo acontecia ao mesmo tempo, e talvez houvesse alguma verdade nisso...

O antigo cais de pedra cinzenta, a mesma pedra usada na casa de barcos, a bóia verde e azul. Não há nenhum barco. Não me lembro do que aconteceu ao meu.

Eu amava aquele barco, sempre amei os barcos com um amor quase tão forte como o que me ligava aos cães e aos cavalos... Mas não me lembro do que lhe aconteceu. Talvez numa noite de tempestade as vagas o tenham levado para longe, e se tenha desfeito contra as rochas.

O pequeno portão de madeira encontra-se aberto, caído para um lado. O jardim está cheio de ervas daninhas que sufocam as outras plantas. Há muitas urtigas e uma variedade de hera que sobe pelas paredes. Nesta altura do ano devia haver primaveras e anémonas, um tapete cor-de-rosa de *Armeria marítima*. Ainda é muito cedo para as florzinhas vermelhas da urze, que deixam no ar um leve cheiro adocicado.

Jasper entrou, empurrando a porta com o focinho. Alguém a deixou aberta. A luz do dia entra pelas janelas e pela porta, tornando bem visíveis as teias de aranha e a camada de pó que cobre os móveis e os objectos, os meus livros, os pequenos barcos que fiz ou comprei.

Há muito tempo que ninguém acende a lareira, há muito tempo que ninguém dorme no divã. Em cima da secretária está uma jarra de cristal com uns galhos secos e uma caneta azul que já não deve escrever.

Uma atmosfera estranha, que tem a ver com o mundo dos mortos. Com a linguagem áspera do mundo dos mortos.

O espelho na parede onde eu via o meu rosto magro sem maquilhagem, a pele um pouco queimada pelo sol, o espelho à frente do qual prendia descuidadamente o cabelo na nuca, ou tirava os brincos compridos que usara durante o dia.

Sentei-me no divã que tem um ar um pouco repulsivo, devido às manchas de humidade. Jasper deitou-se encostado aos meus pés.

A chuva traz consigo a recordação de muitos dias e muitas noites que passei neste quarto, sozinha. Tenho a impressão de que vinham algumas pessoas aqui, homens sobretudo. Mas só me lembro de quando estava sozinha, e a chuva batia violentamente contra as janelas, como se fosse destruir-me de um momento para o outro. Creio que cheguei a odiar a chuva, e o som do mar, e talvez o meu barco a balouçar na água.

A noite chegou, sem que me desse conta. Não consigo ver as minhas mãos. É melhor voltar para casa.

Mas antes eu ficava aqui, tomava um duche e deitava-me debaixo dos cobertores, e não conseguia adormecer. Acho que no princípio ele vinha procurar-me, dormiu aqui comigo algumas vezes. Depois deixou de vir.

Tenho de voltar para casa. E esperar por ele, como todos os dias. Ele nunca fica longe muito tempo, mesmo quando fingia ignorar-me não era capaz de ficar longe muito tempo. Viajava durante umas semanas, um mês, e um dia regressava, e quando nos encontrávamos no átrio havia qualquer coisa no seu rosto, como se tivesse esquecido o meu aspecto e ficasse encantado de novo, uma mulher alta e magra que podia ter sido pintada por El Greco, uma madona ou um anjo, e por alguns instantes olhava-me como se ainda me tivesse amor.

As luzes da casa estão apagadas, excepto na ala dos criados. Jasper vai beber água na cozinha e eu espero por ele. Depois vamos para a biblioteca, onde a cadela cega ergue a cabeça quando nos ouve chegar.

6.
As pinturas de El Greco

Tu não nasceste aqui?
Eu sou inglesa.
Não pareces uma rosa inglesa.
Então...
Uma figura de El Greco. Eu estava a ver os quadros e de repente tu surgiste ali. Tenho a certeza de que não estavas na sala trinta segundos antes.
Talvez por estarem longe de casa, falavam assim, sem qualquer formalidade. Rebecca não conseguia imaginá-lo a abordá-la na National Gallery. Mas dirigira-se a ela no Museu do Prado, como se fosse a coisa mais natural do mundo.
Fizera vinte e quatro anos alguns dias antes e o pai oferecera-lhe a viagem a Madrid. Depois de terminar o curso, passara umas semanas em casa. Sabia que tinham de conversar. A situação financeira dele era tão má como de costume, e ambos tinham consciência de que só um bom casamento podia resolver o problema.
Mas Rebecca resistia a deixar Londres e casar com um dos bons partidos que lhe tinham apresentado nos últimos anos. Os seus amigos na cidade tinham pouco dinheiro, ainda menos do que ela, continuavam a ser os boémios de sempre, actores e músicos, alguns escritores desconhecidos.
Uma noite, tinham-se sentado na biblioteca, e ele pegara num cálice de xerez. Ela olhava para as suas mãos bonitas e inúteis, e pensava pela milésima vez que tudo seria mais fácil se pertencesse a outra classe social; era quase uma especialista

em História de Arte e falava fluentemente várias línguas, não lhe seria difícil arranjar um emprego.
— Estou completamente arruinado, filha.
Ela não pôde deixar de sorrir.
— Acho que já estavas quando eu nasci.
Ele sorriu também. Entendiam-se aqueles dois.
— De certa forma... Mas agora é mais grave. Estou velho.
Ela examinou-o pensativa. Envelhecera muito nos últimos meses. De repente uma ideia assustou-a.
— Mas estás bem.
— Sim, claro.
A resposta pareceu-lhe demasiado rápida. Rebecca ajoelhou-se junto dele.
— O que queres que faça?
— Não quero deixar-te sozinha. Precisas de alguém que tome conta de ti.
Ela riu sem querer.
— Eu?
— Não é natural viver sozinho. Sobretudo quando não se tem dinheiro.
— Eu consigo sobreviver.
— Mas precisas de mais do que isso.
— Porque tu me criaste como uma princesa...
— Tu és uma princesa.
Parecia velho, tão velho e cansado. Rebecca encostou a cabeça aos seus joelhos.
— Não te preocupes.
— Como?
— Dá-me mais um ou dois meses. Depois, prometo que caso com um homem suficientemente rico para não termos de nos preocupar com dinheiro o resto da vida.

Estás a pensar em alguém?
Ela sorriu.
Tu sabes que posso ter quem eu quiser.
Ele passou-lhe a mão pelo cabelo.
Eu sei.
Entretanto, ele arranjara dinheiro de alguma forma para lhe pagar a viagem a Madrid. Rebecca estivera em França e na Itália. E continuava a sonhar com viagens longínquas. Mas naquele momento Madrid parecia perfeito.

Tinha vinte e quatro anos, o cabelo ondulado artificialmente, um guarda-roupa limitado mas elegante. E, claro, viajava sozinha. Uma acompanhante estava fora de questão.

No segundo dia em Madrid, foi visitar o Museu do Prado. Queria ver as pinturas de Velázquez e de Goya, mas a sua paixão era mesmo El Greco, de quem conhecia dois quadros que tinham estado expostos umas semanas na National Gallery. No fim da manhã estava numa sala do fundo do museu, rodeada pelas madonas e os santos, altos e com a divindade no corpo, não sabia bem o que aquilo significava mas era o que sentia, a divindade no rosto e no corpo.

E então reparou no homem alto, de fato escuro, que a observava. Reconheceu-o logo. Os traços não tinham mudado, eram mais firmes, talvez. Era ainda mais atraente aos trinta anos do que fora aos vinte.

Ela recordou por momentos o encontro na biblioteca, as suas palavras duras. Ainda tinha o livro, com o poema sublinhado, no seu quarto na casa de campo. Quase sem querer, sorriu.

Ele não precisou de mais nada para aproximar-se. Talvez tivesse pensado de facto que ela era espanhola, porque hesitou um pouco antes de falar em inglês.

Nós já nos conhecemos, não é verdade?
O sorriso dela acentuou-se.
Ainda não.

Ele ficou pensativo por instantes.
Ainda...
Ela olhou para a janela, para a manhã clara de princípio do verão.
Se eu a convidasse para almoçar...
Não almoço com desconhecidos.
O meu nome é Max de Winter.
Rebecca.
Só disse o primeiro nome. Mas ele não fez comentários.

Como bons turistas, almoçaram na esplanada de um hotel. O sol brilhava e ela tirou o casaco leve que vestia sobre o vestido azul. O olhar dele envolveu-a, encantado.

Rebecca lembrou-se da conversa que tivera com o pai alguns dias antes. Era como se o círculo se fechasse. Sorriu ao de leve ao pensar que Max não sabia de nada, mas ela já decidira o que ia acontecer. Rebecca de Winter. Não deixava de ser estranho encontrarem-se em Madrid e não na Inglaterra, onde deviam ter amigos em comum, onde deviam ter estado inúmeras vezes muito perto um do outro.

Depois do almoço deram um passeio a pé, e ao fim da tarde ainda estavam juntos. Não conseguiam separar-se um do outro. Como se estivessem apaixonados, pensou Rebecca com incredulidade.

Jantaram juntos, num pequeno restaurante que ele conhecia, e beberam vinho local. O vinho tornou-os mais confiantes, mais íntimos, e ele disse que ela tinha surgido do nada, que era uma figura de El Greco.

Podias ser uma daquelas figuras...
Eu...
A forma da tua cara. A pureza dos traços. A pele branca. O cabelo negro.
Eu sou assim.
Tão bela e tão alta e tão magra.

Rebecca percebeu que ele estava um pouco embriagado.
E no entanto sou inglesa. E não vivo longe da Cornualha.
A Cornualha...
Ela mordeu os lábios. Nenhum deles tinha falado de Manderley.
É a parte da Inglaterra de que mais gosto.
É onde eu vivo.
Ficara muito sério de repente.
Tens uma casa lá?
Não é bem uma casa.
Ela sorriu.
É um castelo?
Talvez.
Eu sempre sonhei conhecer um homem que tivesse um castelo.
Ele encheu de novo os copos de vinho.
És o ser mais bonito que eu vi na minha vida.
O ser...
A criatura. Humana ou não humana.
Ela estremeceu.
Não sei se gosto disso.

7.
Alice do outro lado do espelho

Ele voltou, finalmente. Depois de tantos meses, depois de ter envelhecido tantos anos. O seu cabelo está mais cinzento e há linhas fundas no canto dos seus olhos. Ele devia saber que não adianta fugir, os demónios não nos perdem o rasto.

And yet, and yet... Há qualquer coisa de leve nos seus olhos, qualquer coisa parecida com a esperança... e pergunto a mim mesma se tem a ver com a rapariga.

Porque Max não voltou sozinho. Havia uma rapariga com ele. Ela é baixa, muito jovem, bastante bonita, uma figura esbelta e o cabelo cortado à Joana d'Arc. E vagueia pela casa como Alice no outro lado do espelho, encantada e cheia de medo.

Eu não os vi chegar. Voltava de um passeio na praia, com Jasper, quando vi o automóvel parado em frente da casa. Jasper latiu e entrou em casa a correr, e eu segui-o devagar até à biblioteca.

Tinha pensado tantas vezes naquele dia. E se nos encontrarmos de novo... então poderei sorrir. Acho que não pedia muito, só queria vê-lo sentado na biblioteca e ajoelhar-me junto às suas pernas, como fazia nos primeiros tempos, e ficar assim. Acho que poderia passar a eternidade assim. Juntos. E eu que vivi até aos vinte e quatro anos sem saber o que era o amor, naqueles dias em Madrid percebi que o amor era ele, aquele rosto antigo, aquela alma antiga, aquelas mãos. Mesmo depois, quando ele já não me tinha amor, era como se as suas mãos fugissem para mim, como se não pudesse deixar de tocar-me; e se não tivéssemos cuidado de um instante para o outro começaríamos a beijar-nos. Os nossos beijos.

Ele estava sentado na biblioteca, na poltrona mais próxima da lareira, a cadela cega deitada aos seus pés, e acariciava as orelhas de Jasper que lhe lambia as mãos. Eu sempre achei que se pode conhecer uma pessoa pela forma como os seus cães a esperam, pela forma como os seus cães a recebem depois de uma longa ausência. O cão de Ulisses, ao fim de vinte anos...

Entrei na biblioteca mas ele não ouviu os meus passos. Os cães olharam na minha direcção, mas ele não ouviu os meus passos.

Encostei-me à janela e fiquei a olhá-lo, o cabelo grisalho, os olhos castanhos, os traços firmes. Os lábios tornaram-se um pouco mais finos. Os meus também ficaram mais finos nos últimos tempos, porque é que a vida nos adelgaça os lábios. A sua maneira de vestir pareceu-me um tanto descuidada, as cores eram as mesmas, em perfeita harmonia, mas o casaco estava ligeiramente amarrotado. Ele acabara de chegar de uma viagem, ainda não devia ter mudado de roupa.

Procurei o meu reflexo na vidraça para ajeitar o cabelo, estranho como não nos desprendemos dos gestos antigos, mas na vidraça só via o jardim, as árvores que começavam a escurecer, uma magnólia que ainda está em flor.

Ele olhou para a porta e sorriu.

Foi então que a vi pela primeira vez. Com o seu cabelo liso e os olhos grandes como os de uma criança, uma blusa branca e uma saia antiquada, uns sapatos baratos. Jasper aproximou--se um pouco desconfiado, mas a cadela cega não se moveu. Ela inclinou-se para acariciar as orelhas de Jasper, que recuou e veio para junto dos meus pés.

Ela sentou-se no chão e encostou a cabeça aos joelhos dele. Max meteu os dedos pelo seu cabelo liso, despenteando--o ligeiramente, e ficaram assim durante muito tempo, até que o som de uns passos a fez erguer-se, assustada, e ele riu baixinho.

Ao longo dos anos, quando a nossa relação estava mais tensa, quando só falávamos um com o outro na presença de terceiros, perguntei muitas vezes a mim mesma se ele teria outras mulheres. Suponho que sim, ainda que o nosso casamento fosse perfeito ele arranjaria uma amante de vez em quando. E se alguns dos nossos amigos o vissem na sua companhia encolheriam os ombros e comentariam algo como "não é tão bela como Rebecca". E depois, "nenhuma mulher é tão bela como Rebecca". Mas ele mantinha as aparências. Eu também, até certo ponto. Era esse o meu papel. A mulher fiel, a esposa perfeita.

Eu perguntava a mim mesma se era por esse motivo que ele me comprava presentes. Para manter as aparências. Mas talvez fosse um impulso a que não conseguia resistir, e de vez em quando chegava a casa com um ramo de flores, uma jóia, um casaco. E eu ria na sua cara, mas quando íamos visitar alguém usava o casaco, ou o vestido, prendia o cabelo na nuca e punha o colar de diamantes ou de pérolas...

A rapariga tem um colar de pérolas. São pequeninas, provavelmente são pérolas cultivadas, um colarzinho de adolescente, acho que ele não se lembrou de lhe comprar jóias. Não sei há quanto tempo casaram. Mas mesmo que tenha sido na véspera de virem para casa, foi demasiado cedo, passaram poucos meses, eu ainda estou aqui.

Talvez consiga perceber o que ele viu nela. Aquela beleza simples, luminosa, aquele olhar vagamente surpreendido, como um ser acabado de chegar que ainda não se acostumou à sucessão dos dias e das noites, da vida e da morte. Ela olha-o com a mesma dedicação do que Jasper, e parece-me que ele a acaricia da mesma maneira. Nas poucas vezes em que o vi beijá-la, não tinha nada em comum com os nossos beijos; como se o amor fosse uma coisa doce e calma, dois miúdos que passeiam de mãos dadas.

Nós passeámos de mãos dadas em Madrid, e falávamos pouco, um homem e uma mulher jovens e graves, ainda mal compenetrados do que lhes aconteceu. Voltámos um dia ao Museu do Prado e fomos direitos à sala de El Greco, e ele olhava de mim para os quadros como se verificasse a semelhança, mas não dizia quase nada, lembro-me de que me abraçou à saída, um abraço só, e estava a anoitecer. Preferia que nos tivéssemos afastado, naquele dia mesmo, que cada um tivesse seguido numa direcção, e nunca mais nos encontrássemos. O amor devia ficar intacto, como a beleza devia ficar intacta, ou então só com as primeiras marcas do tempo, as que tornam a beleza mais profunda e mais triste.

Ela parecia uma criança, sentada na extremidade da grande mesa da sala de jantar, amassando entre os dedos um pedacinho de pão. Ele estava igual a si mesmo, talvez mais alegre, e comia com apetite. Falaram de coisas sem importância, de uma viagem pela França, da cor dos campos no verão, das papoilas à beira da estrada e de uma manhã de chuva. Nenhum dos dois sentia a minha presença. Eu estava encostada à janela, que reflectia os candelabros, os vultos deles, mas não o meu.

Depois voltaram para a biblioteca. Max folheou os jornais e a rapariga fingiu concentrar-se numa revista, mas na verdade só tinha olhos para ele. O rosto dele é antigo, como um rosto num quadro de Ticiano, talvez seja por isso que ela o ama, ela que é um ser recém-chegado, um ser sem nome. É estranho, mas ainda não ouvi o seu nome, Max chama-lhe minha querida ou não lhe chama nada, os criados tratam-na por Mrs. De Winter.

Mrs. De Winter. A primeira vez que Frith a chamou assim voltei-me com uma impressão de irrealidade, como se ele me tivesse visto, ele que há tantos meses passa por mim sem me sentir. Depois percebi que falava com ela e a irrealidade acentuou-se, é estranho quando chamam alguém pelo nosso nome, é terrível quando chamam alguém pelo nosso nome.

E então olhei para ela de uma forma diferente. Mrs. De Winter aquela rapariguinha perdida num castelo de contos de fadas, que não sabe beijar e fica vermelha quando fala com os criados. O vestido que usava ao jantar poderia ser o de uma adolescente no primeiro baile, branco com uma pequena flor no ombro, gracioso mas já muito usado, ele também se esqueceu de lhe comprar vestidos.

Perto da meia-noite, eles subiram as escadas; a rapariga tropeçou na bainha do vestido e Max agarrou-a pelo braço. Os criados vieram fechar as janelas, e ao fim de uma meia hora a casa mergulhou no silêncio, e eu fiquei sozinha.

Levei algum tempo a encontrar o caminho para a biblioteca. Como se a casa se tivesse tornado maior, ou menos familiar. Mas agora estou aqui, e há brasas na lareira, e os cães dormem nos seus cestos. E tranquiliza-me saber que eles estão comigo.

8.
O jardim abandonado

E tudo começou como uma declaração religiosa: pai, eu amo-o.

Estavam os dois na biblioteca, onde tinham conversado algumas semanas antes. As flores nas jarras poderiam ser as mesmas, ervilhas-de-cheiro, azuis e brancas, as que ela preferia, e que ela mesma colhera de manhã muito cedo, enquanto passeava, com um vestido velho, sandálias e um chapéu de palha, à volta da casa.

Não mudara de vestido, mas substituíra as sandálias por uns sapatos de meio salto e escovara o cabelo negro. Colocara o pequeno anel que Max lhe dera em Madrid, antes de ela entrar no comboio. Diamantes minúsculos encastoados em platina, um anel muito simples que quase poderia passar despercebido a quem não fosse um conhecedor. O pai era-o. Pegou-lhe na mão e ficou a olhá-la longamente, até ela perceber que não era o anel que observava, mas a mão esguia e bem tratada, com alguns arranhões, e as unhas cortadas curtas.

Eu amo-o.

E as palavras pareciam ser as únicas necessárias, tudo o mais era só uma história, conheci-o em Madrid, mas na verdade já o conhecia há muito tempo, ele não se lembra mas conhecemo-nos há muito tempo, numa casa que é sem dúvida a mais bela que já vi, mas que precisa de flores, e de bons quadros, e de mapas velhos, e das minhas mãos.

Uma casa que precisa de ti, disse ele baixinho.

Rebecca olhou em volta e percebeu com angústia o que ele estava a pensar, o que estava a sentir, e sentira com menos

intensidade quando ela partira para Londres, esta casa também precisa de ti.
 Por um momento quase desejei que não fosse verdade, disse ele pensativo. Acho que uma parte de mim preferia que ficasses aqui, para sempre, mesmo sem dinheiro.
 Qualquer coisa, como um mau pressentimento.
 Ela sentiu um arrepio percorrê-la. Qualquer coisa, como um mau pressentimento. Mas afastou a madeixa de cabelo que lhe caía para a frente do rosto e forçou um sorriso.
 Eu vou ser feliz.
 Talvez.
 Tu sabes que farei dele tudo o que quiser...
 Eu sei.
 E serei a dona de Manderley.
 Ele sorriu pela primeira vez.
 Manderley...
 Eu sei que vais gostar dele.
 Na verdade, os dois homens não tinham simpatizado um com o outro. No dia em que Max veio visitá-los, uma manhã soalheira do princípio de julho, Rebecca escolheu um bonito vestido de verão, dispôs as flores nas jarras com uma arte que lhe era natural desde pequena, as criadas enceraram o chão e as escadas, mas o pai deixou-se ficar na biblioteca a ler os jornais. Ela esperou-o sozinha, no alpendre. O automóvel chegou, e os dois cumprimentaram-se com um beijo na face, e depois ele olhou-a detalhadamente, quase com surpresa.
 Tinha esquecido como eras bonita.
 Dizia-lhe o mesmo em Madrid, com a mesma surpresa, quando se encontravam de manhã cedo, quando se separavam por algumas horas. E desta vez tinham passado umas semanas, e ele via-a na sua casa, quase como uma emanação da casa, uma figura saída das paredes de pedra, do jardim cheio de flores.

Na biblioteca havia rosas, rosas vermelhas e pesadas, que começavam a abrir, e apesar da temperatura agradável as chamas ardiam na lareira. O pai parecia muito velho, como se a antiga resistência tivesse desaparecido, como se ele tivesse trabalhado muito para chegar até ali, e agora só desejasse descansar.

Deixa-nos sozinhos, filha.

Rebecca saiu da biblioteca e deu algumas voltas pelo corredor. Depois, como a conversa se prolongava, saiu para o jardim. Sem saber porquê, dirigiu-se para o jardim de rosas, o jardim quase abandonado, onde só alguns canteiros eram tratados, e as rosas trepadeiras invadiam tudo.

Pai, eu amo-o.

Ainda não tinham feito amor, ele parecia não saber muito bem como agir com ela, mas tinham-se beijado, ele acariciara-lhe o rosto e o cabelo, apertara a cintura estreita entre as mãos. E ela percebeu que desta vez não era só o prazer, tudo nela o reconhecia. E não precisava de representar, de fingir emoções, porque elas estavam ali, como se o anjo caído tivesse encontrado, finalmente, o caminho de volta para o céu.

Depois, ele veio ao seu encontro. Tinha um ar grave e pensativo. Ela apercebeu-se de que nunca ia saber exactamente o que se passara na biblioteca, nenhum deles fazia confidências, e a ideia perturbou-a, tinham estado a falar dela durante tanto tempo...

Estendeu-lhe os braços.

E então?

Ele agarrou-lhe nas mãos e sorriu finalmente.

E se casássemos em setembro?

Não é muito cedo?

Muito cedo?

Puxou-a para si e beijou-a na boca, com a mesma voracidade mal contida com que a beijava em Madrid, e ela percebeu que estava tudo bem. Faria dele o que quisesse.

Suponho que queres uma cerimónia importante.
Ela riu alegremente.
Numa catedral, como uma princesa.
Não estava a falar muito a sério. Mas ele assentiu com gravidade.
Acho bem.
Na verdade, teria ficado feliz com uma cerimónia íntima numa igreja perto da sua casa. Mas não era o que esperavam dela. A noiva do senhor de Manderley. Claro que tinha de ser uma cerimónia importante.
E afinal, ela nascera para representar o papel de rainha.
Sentaram-se num banco e falaram longamente dos preparativos para o casamento e da sua vida em Manderley.
Queres ter filhos, disse Rebecca.
Claro que sim.
A ideia não a entusiasmava muito. Mas fazia parte do seu papel. Dar-lhe um herdeiro.
Eu quero ter muitos filhos, continuou ele.
Ela abanou a cabeça.
Dois.
Está bem, dois.
Olharam-se nos olhos com gravidade e ela compreendeu que queria ter filhos, um rapazinho parecido com ele que seria o herdeiro de Manderley, uma menina parecida com ela que seria uma princesinha. E, felizmente, não havia qualquer risco de ter de deixá-la num colégio interno, a viver num sótão, com uma janela para os telhados de Londres.
Despediram-se daí a algum tempo, junto ao automóvel dele. Um beijo na face, uma rápida carícia na mão. E ela ficou a ver o automóvel afastar-se e depois olhou em volta, para a casa que tanto amava, para o jardim, e sentiu um aperto no peito. De repente Manderley pareceu-lhe um lugar enorme e pouco acolhedor, a velha casa tal como a

recordava, as chaminés simétricas, os longos jardins com tão poucas flores.

Mas não é um lugar estranho. Eu senti que de alguma forma já estava lá dentro, como se tudo acontecesse ao mesmo tempo, e o cão reconheceu-me...

O pai ainda estava na biblioteca. Ela teve a impressão de que ele adormecera com o jornal no colo, mas depois percebeu que a observava por entre as pálpebras semicerradas. Sentou-se numa cadeira baixa ao seu lado.

Gostaste dele?

Não sei.

Rebecca olhou-o fixamente.

Porquê?

Há qualquer coisa nele... Tem cuidado com ele.

Ela repetiu:

Porquê?

Ele não é como os outros. Não vais fazer dele o que quiseres.

Ela apertou as mãos teimosamente.

Veremos.

Quero que fiques aqui até ao casamento.

Está bem.

Ela compreendeu então o que já intuíra antes, que o pai não ia viver muito tempo. E que ele o sabia. Agarrou-lhe na mão e apertou-a com força. Nenhum deles diria uma palavra sobre o assunto. Mas estavam juntos.

9.
Os caminhos no bosque

Está a chover, uma chuva miudinha que começou há pouco e se deve prolongar pelo resto do dia. A minha cunhada e o marido vieram a Manderley. Suponho que queriam conhecer a dona da casa. E ficaram surpreendidos, esperavam, talvez, uma nova Rebecca, não aquela criatura insignificante que de vez em quando parece rodeada de luz.

Depois de se despedirem, Max e a rapariga foram dar um passeio. Ele estava de mau humor. Bee tem sempre esse efeito sobre ele.

A rapariga vestiu uma gabardina, uma das que estão no quarto de jardinagem e ainda deve conservar um pouco do meu cheiro, talvez um lenço ou o papel de um chocolate esquecidos na algibeira. Ele deu-lhe a mão quando entraram no bosque. A terra húmida está coberta de fetos, de ramos partidos e das folhas do ano que passou. Ainda é muito cedo para as campainhas azuis. Jasper corria à frente e de vez em quando voltava-se, para se certificar de que nós o acompanhávamos.

Quando chegámos à clareira onde a vereda se divide em duas, Jasper hesitou como de costume. Max chamou-o e seguiram pelo caminho da esquerda. Alguns minutos depois estávamos em Happy Valley. O caminho segue ao longo de um ribeiro e os rododendros e as azáleas estão em plena floração. Como um bosque encantado. Hoje não se ouvem os estorninhos mas os melros pretos entre os arbustos. A certa altura ele parou e apanhou uma pétala de azálea, uma pétala esmagada, e esfregou-a na mão dela.

Ele fazia aquilo quando passeávamos juntos. E depois deitava a pétala no chão e encostava o rosto ao meu cabelo, ao meu pescoço, e aspirava o perfume. Eu comprava perfumes das melhores marcas, mas só os sentia a princípio, depois o que ficava mesmo era o cheiro das azáleas, o cheiro do meu corpo.

E aquele gesto pareceu-me uma traição maior do que passar a noite no quarto dela, enquanto eu fico na biblioteca, ouvindo a respiração dos meus cães e os sons vagos da casa, do escuro...

Eles chegaram à praia, que surge inesperadamente depois do túnel de plantas. O encantamento quebrou-se. Max apanhou um ramo seco e atirou-o para longe, e Jasper correu a buscá-lo. Aproximaram-se da água. A maré está a subir. Durante algum tempo portaram-se como dois garotos felizes, fugindo das ondas, apanhando pedacinhos de madeira que a água atirava para a praia. Ele riu e afastou o cabelo dos olhos e ela arregaçou as mangas da gabardina. A cena fez-me mal.

Meti as mãos nos bolsos da gabardina e segui pelo caminho das rochas, daí a instantes percebi que Jasper viera atrás de mim. Atravessámos as rochas escorregadias e chegámos à outra enseada. E de novo aquela angústia ao olhar para o chalé, como é que o jardim morreu tão depressa, é verdade que ninguém o trata, mas chove muito aqui, não lhe faltou água nem sol...

Talvez as plantas sintam a falta do dono.

Dou uns passos pela praia mas não me aproximo do chalé. Jasper começa a ladrar, os olhos fixos numa figura ajoelhada perto da água. O velho Ben, que eu surpreendi mais de uma vez a espreitar-me pelas janelas. Às vezes acho que ele sente a minha presença, uma expressão de medo no olhar, a forma de afastar-se, como se um réptil o roçasse.

Ouço a voz da rapariga a chamar por Jasper. Ela surge nas rochas e parece um pouco assustada ao ver Ben; depois aproxima-se devagar, pergunta-lhe se tem uma corda. Ele responde que está à procura de conchas. Abre a mão e mostra-lhe algumas conchas que ela finge examinar. Ele pergunta-lhe pela outra mulher. Ela não vai voltar. Ela partiu no barco, numa noite de tempestade, e não vai voltar nunca. Ela. A dona do cão. A que se parecia com uma serpente. A que vagueava à noite pelos bosques, um vulto escuro pelos bosques...

A rapariga diz-lhe que não, que ela não vai voltar, e entra na cabana.

Suponho que esperava encontrar só uma casa de barcos. Não aquele compartimento húmido, as teias de aranha a ligarem os barcos e os livros, a minha secretária, as jarras com flores secas. Um lugar escuro e solitário. Há uma expressão estranha no seu rosto quando sai, com uma corda na mão, e a amarra à coleira de Jasper.

E pela primeira vez pergunto a mim mesma o que saberá ela a meu respeito, esta intrusa que se senta no meu lugar à mesa, e na minha cadeira na biblioteca, e usa a minha gabardina que lhe fica comprida de mais. O que lhe terão dito de Rebecca de Winter, será que sente a minha presença quando estou atrás dela, usa um perfume muito suave, uma simples água-de-colónia, será que sente o meu cheiro? Será que ouve os meus passos ou o roçagar do meu vestido quando a sigo pelos corredores?

Eu não sei nada dela, qual é a sua origem, onde se conheceram. O que fazia antes de encontrá-lo. Tem o ar de uma menina recém-saída do colégio, veste-se como se o fosse, não usa maquilhagem. Aproximo-me dela e fica um pouco desorientada. É mais baixa do que eu, tem os ombros estreitos e a cintura fina, um corpo demasiado frágil.

Vai-te embora, digo-lhe, como se esconjurasse um demónio. Mas ela não me ouve, e de repente a voz de Max, muito próxima, chama a nossa atenção.

Max está furioso, o que não me surpreende. Ele detestava o chalé, mesmo quando eu vinha para aqui sozinha, na verdade eu vinha quase sempre sozinha, e quando trazia outros homens era para lhe fazer mal. Mas Max detestou o chalé desde o princípio, era um lugar onde podia ficar longe dele, um lugar onde podia fazer tudo o que quisesse, sem ter de representar aquele maldito papel...

Max esperou que ela fosse ao seu encontro e depois seguiu pelo outro caminho, que não se assemelha nada a Happy Valley, uma subida íngreme no meio das árvores, onde quase não entra a luz. Ela e Jasper têm dificuldade em acompanhá-lo, e eu sigo-os à distância. Tenho a impressão de que ela está quase a chorar.

Quando se aproximam da casa, Max fica mais calmo e dá-lhe o braço, diz-lhe qualquer coisa, e ela sorri de novo. Frith espera-os à entrada e ajuda-a a tirar a gabardina.

Eu deixo-me ficar no jardim, encostada ao tronco do castanheiro. Daqui a alguns minutos vão acender-se as luzes da sala de jantar e os criados vão começar a preparar a mesa. A toalha muito branca, um ramo de flores, a louça de boa qualidade, os copos de cristal que alguém me ofereceu quando casei. E suponho que, por hábito, servirão um dos pratos de que eu mais gostava, com o vinho que eu teria escolhido para o acompanhar. Nos últimos tempos eu comia pouco, na verdade nunca comi muito, mas as refeições eram um ritual, eram parte do meu papel.

A rapariga também o vai aprender, esse papel, embora nunca o represente tão bem como eu, não passa de uma amadora, é a primeira vez que pisa os palcos, não sabe escolher o guarda-roupa, a maquilhagem, ainda não aprendeu os gestos.

A chuva cai com mais força, as luzes da sala de jantar acenderam-se e um criado passa em frente da janela. Não quero ir para a biblioteca porque ele deve estar lá, vou para o quarto de jardinagem e vejo uma gabardina atirada para uma cadeira, a gabardina que ela vestia. Lembro-me das palavras de Ben há pouco, quando falava com a rapariga, disse que ela tinha olhos de anjo. Talvez. E a "outra", a que passeia de noite pelos bosques, parece-se com uma serpente.

Não gosto da ideia de que ele entra na cabana, deve brincar com os barcos em miniatura, talvez folheie os livros de viagem, e olhe para os mapas com a perplexidade de quem não sabe o que é um mapa. Eu comprava os livros e os mapas nas lojas de Charing Cross Road, que tinham caixotes na rua, montras perfeitamente mágicas, estantes que subiam até ao tecto, gravuras antigas nas paredes.

Sobre a mesa está um velho livro de botânica que deve pertencer a um dos jardineiros. Perto da janela, o rododendro arbóreo continua a crescer. Tem mais alguns centímetros todos os anos. O rododendro que plantei com as minhas mãos e de que cuidei durante os primeiros meses.

Há no fundo do jardim um rododendro azul, quase púrpura, com dois ou três anos. Está escondido por outros arbustos e receio que se tenham esquecido dele.

Amanhã vou ver o rododendro azul.

10.
O monstro

Mrs. De Winter. Ela sempre tinha viajado sozinha, mas agora eram dois. O casamento tinha sido um sucesso, o vestido vindo de Paris, o véu que arrastava no chão, o colar de pérolas que ele lhe dera dias antes. A catedral. As flores brancas. A música de Bach.

Ele parecia ter orgulho na sua beleza, na sua elegância, os fatos de viagem, os vestidos de verão, os vestidos de noite. Era o melhor amante que ela conhecera, um dos mais experientes, e o facto de estar apaixonada pela primeira vez tinha qualquer coisa de espantoso, acontecera-lhe a ela também, como nos livros, como nos filmes. Não se parecia com nada que tivesse experimentado antes. Ficava acordada durante a noite a vê-lo dormir, a vê-lo respirar, tinha a consciência de que era a primeira vez que olhava alguém com adoração, com uma devoção absoluta.

Monte Carlo no princípio do outono era muito calmo, o hotel onde Max se hospedava normalmente não estava cheio, ele não conhecia quase ninguém, e podiam tomar as refeições sem serem interrompidos, e dançar até muito tarde, dançavam bem juntos, com a mesma naturalidade com que se beijavam e faziam amor, os seus corpos ficavam bem juntos.

Rebecca amava o outono, as cores pesadas, o crepúsculo avermelhado, um mundo mais íntimo, na expectativa do inverno. Há algum tempo que imaginava a mudança das estações em Manderley, e mesmo o seu sonho de viagens estava

um pouco adormecido; toda ela se concentrava em Manderley, transformar Manderley com as suas mãos, passar o serão a folhear velhos livros de botânica e acordar de manhã cedo, ao mesmo tempo que os criados, e ir para o jardim. Tinha planos para o jardim, começara a tê-los aos quinze anos, a alameda escura e sem flores transformada numa alameda de rododendros, era estranho mas sempre sonhara com aquela alameda, mesmo antes de conhecer Manderley. E azáleas, e ervilhas-de-cheiro.
E Max prometera-lhe um barco. Um barco que ficaria na pequena enseada, junto do cais de pedra. Ela sugerira um nome: *Je reviens*. Ele repetira-o lentamente, com aprovação.
Naquele dia, tinham resolvido dar um passeio pelos arredores. Estava um belo dia de outono, e ela vestiu um vestido leve, um casaco de malha por cima, deixou o cabelo solto, o seu cabelo demasiado comprido que escovava todas as noites à frente dele, numa cerimónia que ambos cumpriam com gravidade, antes de irem para a cama.
Ao fim da manhã estavam numa estrada junto à costa, no cimo de um penhasco, e ele parou o automóvel. Não havia casas por perto e ela pensou absurdamente que era um bom local para matar alguém. Os penhascos abruptos, o mar lá em baixo, de um azul muito escuro, revelando a profundidade.
Rebecca apanhou uma flor azul que crescia entre as rochas e sentou-se mesmo à beira do precipício, balançando a perna nua, olhando distraída a sandália castanha. Ele ficou durante algum tempo a olhar para baixo, para o mar, e depois sentou-se também, um pouco afastado dela, talvez porque daquela forma a podia observar melhor. Na verdade, nunca se cansava de olhar para ela, nunca se cansavam de olhar um para o outro.
Rebecca pensou que ele devia sentir a falta de Manderley. Era a sua casa, e não gostava de ficar longe durante muito tempo.
Estás a pensar em Manderley.
Talvez.

Podemos regressar antes.
Não te importas?
Não. Só quero estar contigo.
Eu quero ver-te em Manderley. É o lugar onde nasci, sempre me pareceu o lugar mais belo do mundo, mas ao mesmo tempo sentia que faltava alguma coisa.
Eu.
Talvez.
Talvez eu seja o espírito de Manderley.
Sim.
E chegou o momento de voltar.
Voltar a Manderley. Era o que pensava sempre. Não ia viver para Manderley, ia voltar para Manderley.
Então vamos regressar, disse ele. Amanhã mesmo.
Está bem.
Não vais sentir a falta de Londres?
Não creio.
Ele hesitou antes de fazer a pergunta.
Havia alguém em Londres?
Um homem?
Sim.
Ela riu alegremente.
Todos os que eu queria.
O rosto dele endureceu mas ela mal deu por isso. Sentia-se demasiado feliz, demasiado confiante. E para ela era natural, conhecera outros homens, era evidente que conhecera outros homens, mas nenhum fora importante, porque nunca se apaixonara, era como se no mais fundo de si mesma esperasse por ele.

E falou longamente, divertida, dos anos que passara em Londres, a música e o teatro, as galerias, os namorados. Era parte da sua vida e ele tinha o direito de conhecê-la, agora que tudo ia começar de novo.

Levou algum tempo a perceber que ele não dizia uma palavra, e quando o olhou nos olhos ficou quase assustada, era como se não o reconhecesse. Quando finalmente falou, a sua voz também tinha mudado, como se fosse a voz de outra pessoa.

Esperaste que estivéssemos casados para me contares isso?

Ela sentiu um frio súbito. Pensou que as suas descrições tinham sido demasiado gráficas, afinal ele amava-a, devia imaginar que era o seu dono.

Não pensei que tivesse importância.

Ele demorou alguns minutos a responder, mas quando o fez ela quase viu a espada a cair entre eles.

És um monstro.

Um monstro. E era o que via reflectido nos olhos dele, um monstro, um demónio, porque ele olhava-a sem amor, com uma mistura de ódio e desprezo que ela nunca encontrara antes e que de alguma forma a transformava por dentro. Como se tivesse de viver à altura daquele olhar.

Foi como se alguma coisa se tivesse fechado dentro de si. E ao mesmo tempo sentiu vontade de rir, passou a mão pelos cabelos que o vento levantava quase na horizontal e soltou uma gargalhada. O lugar não podia ser mais apropriado. Estavam ali, à beira de um precipício, e o mundo estendia-se debaixo deles.

Lembrou-se de um quadro de um autor desconhecido que vira numa pequena igreja em Itália. Cristo e Lúcifer à beira de um precipício, ambos muito belos e magros, o braço do segundo levantado, como se mostrasse tudo o que os rodeava. Teve a impressão de que estavam a repetir uma história, uma das mais velhas histórias do mundo, talvez estivessem ali para isso, para repetir aquela história.

E então começou a falar, como o próprio Lúcifer, o vento no cabelo, as mãos a destruírem devagar, deliberadamente a flor que colhera nas rochas. Isto é um negócio, é a primeira vez que falamos de negócios.

Vamos voltar, e vai ser como se nada tivesse acontecido, continuaremos a ser o casal mais belo, mais rico e mais feliz da Grã-
-Bretanha, e eu farei de Manderley a casa mais conhecida, os nossos jantares serão perfeitos, as nossas festas inesquecíveis, e todos terão inveja de ti. E farei um jardim, eu Rebecca de Winter, tua mulher, senhora de Manderley, farei um jardim...

Não sabia bem o que dizia, não interessava muito, nada interessava depois da morte do amor, tinha um papel para representar, agora era o anjo mau que tentava Cristo à beira das rochas, vou dar-te um reino, e em troca só tens de fingir que me adoras.

Depois ficaram calados durante muito tempo, sem olhar um para o outro, de vez em quando olhavam quase sem querer para o abismo, como se a mesma ideia lhes atravessasse o pensamento.

Mais tarde, devia passar muito da hora de almoço, entraram no automóvel, sempre sem dizer uma palavra, e voltaram a Monte Carlo.

II.
O cheiro das azáleas

Eu cheirava a alperce, a tangerina ou a mango, era o perfume dos sabonetes, dos champôs, dos hidratantes, das águas-de-colónia que usava aos vinte anos. Mas depois de viver em Manderley, foi como se entranhasse o cheiro do jardim, o jardim que fiz com as minhas mãos...
O trabalho que as minhas mãos fizeram. Eu nunca entro no meu quarto. Ainda é o meu quarto, a rapariga dorme na ala este, num antigo quarto de hóspedes que dá para o roseiral, e ele evita a ala oeste da casa.
A ala este e o cheiro das rosas, a ala oeste e o cheiro do mar. O caminho ladeado de rododendros cor de pêssego e azáleas, o caminho no meio das árvores escuras e agrestes. A nossa vida se eu tivesse continuado a representar o papel de rapariga ingénua e sensata (mas eu nunca representei esse papel, foi ele que o imaginou), a nossa vida depois de eu me ter mostrado como era, apaixonada e com fome de novas experiências.
É como se ela fosse uma parte de mim, a rapariga que vive no quarto que dá para o roseiral, e passeia por Happy Valley, e nunca deve ter estado com um homem antes dele, um ser recém-chegado ao mundo, que ainda não encontrou o seu lugar, nem o seu nome. É estranho, mas continuo sem saber o seu nome. A segunda Mrs. De Winter.
Ela passa a manhã na minha sala de estar, mas sinto que não está à vontade lá dentro, no meio dos móveis que eu escolhi, dos quadros e objectos que trouxe de outras partes da casa, das

jarras cheias de rododendros, é a única divisão da casa onde as jarras têm rododendros. E das janelas quase só se vêem os rododendros vermelhos, e sinto que ela não gosta deles, que prefere as plantas suaves, caseiras, deve gostar de margaridas, não sei porquê creio que as flores de que mais gosta são as margaridas.

Eu sei que o meu quarto se mantém igual, os móveis são limpos regularmente, a cama está feita, a colcha é a mesma da última noite. A camisa de noite cor de pêssego ainda está debaixo da almofada. O robe azul nas costas da cadeira, as chinelas no chão. E há flores, alguém muda as flores das jarras todos os dias. As flores frescas que alguém põe num túmulo.

Danny abre as janelas de vez em quando, às vezes estou no jardim e vejo uma janela aberta, e é uma sensação estranha, fico à espera de ver uma mulher debruçar-se na janela, uma mulher de rosto muito branco e olhos verdes quase cinzentos e cabelo negro e basto. Acho que é por isso que não entro no quarto, porque talvez a visse na cama, indefesa, com o cabelo espalhado na almofada, e um livro aberto ao lado.

Mas agora estou aqui e não há ninguém deitado na cama. Nenhuma imagem minha esquecida numa cama ou num espelho.

Eu segui-a até aqui. Alice, que hoje mais parece Cinderela, com o cabelo castanho puxado para trás das orelhas, uma blusa branca, a saia antiquada e os sapatos rasos; ela caminhava devagar pelos corredores e as escadas, como se tivesse medo de que alguém a visse, e finalmente abriu a porta do meu quarto.

E sei pela maneira como abriu a porta que não estava só a intrometer-se mas a atravessar o patamar para um outro mundo, podia encontrar neve, ou o mar, ou um jardim abandonado, ou uma princesa adormecida há cem anos... Ou um monstro.

Ela olha em volta com uma expressão incrédula. Os seus olhos ficam mais escuros quando se detêm na cama, imagino o que está a pensar. Mas neste momento só me lembro das noites que passei aqui sozinha, de ouvir alguém bater à porta e verificar que era só Danny que me vinha dar as boas noites; a minha fiel Danny nunca percebeu que eu não gostava dela, limitava-me a usá-la como usava os outros. Danny continua a limpar o pó do quarto e a mudar as flores todos os dias... Ela tem a minha altura, um corpo esguio mas sem beleza, um rosto de traços duros, o cabelo negro como o meu. A minha versão mais escura, ela já era assim quando eu tinha cinco ou seis anos, não me lembro de alguma vez ter sido diferente. Danny ficou de coração partido quando eu fui viver para Londres, e insistiu em acompanhar-me quando vim para aqui. Uma mãe escura que me pressente nos corredores e se volta para trás, e odeia Max do fundo do coração, mesmo sem saber o que aconteceu.

A rapariga está em frente do espelho, e por instantes tenho a impressão de que me vê, sentada na cama. Mas ela leva a mão ao cabelo e afasta-o de trás das orelhas, ajeita-o cuidadosamente e depois desiste, pega num frasco de perfume que está em cima da cómoda e cheira-o, eu gostava daquele perfume, embora na minha pele não durasse muito tempo.

Ela passa um pouco de creme nas mãos e cheira-as, o que me diverte intimamente, acho que daqui a instantes vai abrir o meu estojo e começar a maquilhar-se com os gestos desajeitados de uma criança, talvez vista um dos meus vestidos...

Ela sente o meu pensamento e dirige-se ao quarto de vestir; abre um armário com um gesto demasiado brusco. Vejo-a de costas e parece mais pequena, imóvel, em frente das minhas roupas.

Eu sei que o meu guarda-roupa é impressionante. Há muitos vestidos de noite, o prateado que comprei em Paris, o de veludo cor de vinho que às vezes usava em Londres. Os casacos de pele que Max me ofereceu e devem ter custado uma fortuna, e eu só usava quando saía com ele. Os vestidos de passeio que usava quando íamos visitar os amigos ou os vizinhos.

E quando estava em Londres, ou em Manderley, nos dias em que não havia visitas, passava o tempo todo de calças e camisolas, sandálias de tiras ou botas, o cabelo preso na nuca, uma leve, muito leve camada de batom, e nem me lembrava do meu guarda-roupa caro, eram só adereços, os que colocava antes de entrar no palco, como um actor põe uma peruca ou maquilha o rosto, para se esquecer de quem é, antes de enfrentar a plateia.

A rapariga encosta o rosto ao meu vestido de veludo vermelho e não posso deixar de sorrir, deve sonhar com vestidos, o patinho feio com as suas saias de mau corte e sapatos baratos, deve sonhar com jóias, ela que só tem o colarzinho de pérolas cultivadas, deve sonhar com perfumes caros, ela que cheira a uma água-de-colónia comum. Mrs. De Winter. Como uma actriz principiante que entrou no palco sem vestir o traje, sem se maquilhar, que tem medo de não saber as linhas de cor.

Ela afastou-se do armário como se o cheiro a sufocasse, o cheiro a azáleas que deve ter-se tornado desagradável, pesado, naquele espaço onde o ar não se renova. Aproximou-se da janela e ficou a olhar para fora, está nevoeiro, não muito denso, deve sentir-se o cheiro do mar.

Ela olha para trás, como se sentisse que há mais alguém no quarto. Às vezes olha por cima do ombro quando está sentada na biblioteca, quando caminha pelos corredores, quando eu a observo do cimo da galeria.

Continuo sentada na cama. A cama onde passei tantas noites sozinha. Mas não sempre.

Porque às vezes ele regressava a casa, ansioso, e era como se tivesse esquecido o que se passara, como se tivesse esquecido que me odiava, e íamos para a cama sem dizer uma palavra, obscuramente felizes, e ele era um amante como os outros, só que chegava mais fundo, até não ficar nada de mim mesma.

A fotografia dele em cima da cómoda. Parece olhar-nos às duas com uma expressão trocista, a que já foi embora e a que ainda não chegou, a que morreu e a que de alguma forma ainda não nasceu, como se perguntasse a si mesmo qual das duas sairia vencedora, como se fosse um simples espectador, ele e Danny e os criados, e os amigos, de qualquer coisa que se jogava num outro plano, que só podiam ver de fora.

Levantei-me da cama e dirigi-me para a porta. Mas antes de sair olhei para o espelho que só reflecte uma de nós e tive novamente a impressão de que ela me observava.

12.
Os rododendros

No dia em que chegaram a Manderley, caía uma chuva miudinha, angustiante. Ele conduzia o automóvel com ar distraído, e ela fechou a gabardina porque começava a sentir frio. A alameda escura parecia não ter fim e ela imaginou por instantes que a mansão não existia, que era uma maqueta, como nos filmes, e que ao chegar ao fim do caminho encontrariam um descampado e no chão, no meio das poças de água, uma casa muito pequena, como a casa de bonecas que tinha em criança, onde não havia ninguém, onde a chuva entrava. E uma menina, que talvez fosse ela, dava um pontapé na casa e corria para os bosques seguida pelo seu cão. Abriu os olhos com a impressão de que adormecera durante alguns segundos e estivera a sonhar.

A casa estava à sua frente, ainda maior do que ela se lembrava, a chuva distorcendo as suas formas, empalidecendo as cores das paredes, dos relvados.

Manderley, disse baixinho.

Ele não respondeu.

Imaginara tantas vezes aquele dia, aquele momento, ele a tirar a mão do volante e a rodear-lhe os ombros com o braço, os dois completamente felizes por terem chegado a casa. O princípio de uma longa viagem. Os criados à sua espera no vestíbulo, uma refeição quente na sala de jantar, talvez abrissem uma garrafa de champanhe.

Os últimos dias tinham sido um pesadelo. Max quase não lhe dirigia a palavra, quase não a olhava, e ela sentia vontade de dizer, eu sou a mesma, foi por mim que tu te apaixonaste, ainda sou uma imagem de El Greco, e temos uma primeira memória em comum, jarras cheias de lilases, uma biblioteca um pouco escura e jarras cheias de lilases.

Mas depois algo dentro dela revoltava-se, é verdade, casaste com o demónio, dormiste com o demónio, com uma mulher qualquer não seria tão bom, é o preço que tinhas de pagar, descobrir quem eu realmente sou. Eu nunca distingui os anjos bons dos anjos caídos, eu não sei se os anjos caídos sabem que caíram, penso que todos eles procuram o caminho de volta, e que Deus lhes abrirá a porta, como se fossem filhos pródigos...

Um homem e uma mulher altos e elegantes, que saíam de um hotel e entravam num automóvel, e as pessoas murmuravam qualquer coisa quando eles passavam, Mr. e Mrs. De Winter, os donos de Manderley. A casa mais bela da Cornualha, uma das mais belas da Grã-Bretanha.

Manderley.

A casa pareceu-lhe cinzenta e triste. Como de costume, não pôde disfarçar um sorriso ao ver Frith, lembrava-se dele mais jovem mas com o mesmo ar digno, a conduzir um grupo de turistas numa visita guiada. Ele veio abrir a porta do automóvel e ela estendeu-lhe a mão, num gesto franco.

Os criados esperavam-nos no vestíbulo. Danny estava no centro, com um dos vestidos escuros que usava desde sempre. Tinha nos lábios um rígido sorriso de boas-vindas.

De repente a ordem desfez-se e dois cães correram para Max. Ele inclinou-se para os acariciar atrás das orelhas e ela sentiu que toda a sua raiva se esfumava, é possível conhecer um homem pela forma como os seus cães o recebem depois de uma longa ausência. E ele, e eles, tinham estado longe tanto tempo.

Mais tarde, sozinha no quarto, enquanto se vestia para o jantar, sentiu algo parecido com a esperança. Estava bonita, resplandecente, o vestido novo, de veludo vermelho, ficava-lhe muito bem, o cabelo que escovara longamente tornara-se brilhante, a maquilhagem discreta realçava-lhe os olhos e a boca carnuda. Ele amava-a, o amor não pode morrer em poucos minutos, mesmo quando se está à beira de um abismo a representar uma cena da Bíblia.

Durante o jantar Max sorriu-lhe mais do que uma vez, mas só quando os criados estavam presentes. Depois foram para a biblioteca e ele sentou-se sem a olhar, e começou a abrir as cartas que se tinham amontoado durante a sua ausência. Rebecca sentou-se perto da lareira, com uma revista, e os cães seguiram-na, gostavam dela, dentro de pouco tempo não poderiam viver sem ela.

Dormiu sozinha naquela noite, sem saber se ele estava no quarto de vestir ou num dos quartos de hóspedes. Quase não dormiu, ficou a ouvir a chuva, e sentiu a falta do seu apartamento em Londres e da casa do pai, nunca estivera tão sozinha. Mas percebeu que era algo a que tinha de se habituar, estava definitivamente sozinha.

De manhã desceu para tomar o pequeno-almoço. Max já estava na sala de jantar, e ela ficou surpreendida porque a refeição era como o buffet de um hotel: pratos quentes e frios, café, chá, fruta fresca. Comeu um croissant com queijo e bebeu café, pegou numa tangerina, levantou-se da mesa sem dizer nada e quase correu para o jardim.

E então tudo voltou a fazer sentido. O motivo porque estava ali, a sua vida a partir daquele dia. As árvores tinham em si todas as cores do outono, e o longínquo cheiro a mar misturava-se com o cheiro a rosas. Passeou sozinha, fazendo planos, azáleas, ervilhas-de-cheiro, um jardim de rosas. Conversou com os jardineiros, que em breve perderam o ar intimidado, e quando voltou para casa estava mais leve e quase feliz.

Mais tarde deu uma volta pelos quartos, a ala este e a ala oeste, como dois mundos separados, um deles dava para o jardim, do outro avistava-se o mar. A biblioteca era perfeita, um lugar parado no tempo, o centro da casa. A sala de estar era bonita mas precisava de ser renovada; queria transformá-la num espaço seu, mesmo que tivesse de comprar tudo novo.

Mas em breve descobriu que havia tesouros escondidos em Manderley, pequenas peças de arte a que ninguém dava importância, alguns bons quadros.

Nas semanas seguintes esteve ocupadíssima, a substituir o papel das paredes, a mudar móveis de sítio, a explorar os quartos fechados e o sótão, a fazer projectos para o jardim. Ele agora dormia no quarto, talvez para que os criados não começassem a falar, e as primeiras noites aterradoras transformaram-se em noites mais calmas, em que adormeciam na mesma cama sem se tocarem, sem dizerem uma palavra.

Quando ela lhe disse que queria dar uma festa, ele assentiu, sem comentários. Ela foi a Londres comprar o vestido, e aproveitou para comprar livros de botânica e algumas peças, muito caras e de bom gosto para decorar a sala de estar.

Flores, muitas flores. Champanhe francês, que Frith trouxe da adega. A galeria central transformada num salão de baile, como nos velhos tempos.

A festa foi um sucesso. Max vestia um fato escuro e Rebecca um vestido verde, um modelo ousado que lhe deixava as costas nuas e parecia ter sido criado para ela, para os seus cabelos negros e olhos verdes. O jovem casal recebeu os convidados com uma cumplicidade que se assemelhava à de duas pessoas casadas há muito tempo.

Rebecca, sentada no terraço, perto das janelas abertas, ouviu alguns comentários: ele parecia feliz e ela era ainda mais bonita do que tinham ouvido dizer. Tinham-se conhecido em Paris, e ele apaixonara-se à primeira vista. Ela era filha de um fidalgo arruinado. Educação, beleza e inteligência. Tinha tudo o que um homem pode desejar numa mulher.

Levou a mão à boca e mordeu-a, quase sem se dar conta do que fazia. Depois respirou fundo. A actuação ainda mal começara, estava só no primeiro intervalo.

E daí a pouco voltou para dentro, antes que dessem pela sua falta, bebeu uma taça de champanhe e passou o resto da noite a dançar, com o marido e com estranhos, e não sentiu qualquer diferença ao passar de uns para os outros.

13.
Sonhar sonhos

Quando eu era criança, tinha conhecimento de tudo o que se passava no jardim. Em fevereiro, procurava as primeiras campânulas brancas, no meio da neve; elas cresciam livremente pelos campos, mas havia umas perto de casa que tinham sido plantadas por mim, a uma profundidade de quinze centímetros, só começaram a dar flores no segundo ano. Os primeiros narcisos, os amarelos, cresciam no relvado, e só podia apanhá-los quando passavam o número de trinta. E percorria a ravina no fundo do jardim, à procura das violetas e das primaveras, que surgiam quase ao mesmo tempo.

Gostava de ler histórias de exploradores, E. H. Wilson, que em 1910 se aventurou pelo interior da China, com o seu chapéu de cowboy e o seu spaniel, à procura do lírio Regale, e um dia, quase sem esperar, chegou aos campos de lírios; Frank Kingdon Ward, que em 1926 encontrou a papoila azul, no Tibete: de repente vi um campo de papoilas brilhando como safiras na luz pálida. Na Inglaterra, as papoilas azuis devem ficar dentro de casa no inverno.

Em Manderley, plantei campainhas brancas nas margens dos regatos: as suas folhas surgem durante o inverno e florescem ainda antes das campânulas brancas. E primaveras em lugares mais protegidos, são flores frágeis, uma geada pode matá-las. As primaveras nocturnas cujas flores se abrem ao anoitecer. Anémonas que florescem na primavera e anémonas que florescem no outono. E ervilhas-de-cheiro, as azuis que florescem em abril e maio, as rosa, brancas e vermelhas que florescem em julho e agosto. E dálias, que são plantadas nos primeiros dias de maio e precisam de muito fertilizante. E as íris que florescem na primavera e devem ser plantadas muito juntas, para o efeito ser mais belo.

Nas traseiras da casa, não muito longe do roseiral, há uma parte do jardim onde crescem magnólias. As flores das magnólias podem ser destruídas por uma geada forte e a única coisa a fazer é esperar pelo ano seguinte. Aprende-se a esperar, num jardim. Perto dos bosques há algumas camélias. As flores das camélias não resistem a uma manhã de sol, depois da geada. Aprende-se a morrer, num jardim.

E há as plantas que quase não precisam de cuidados, a madressilva que vem dos países do norte e se dá bem com o sol e com a sombra, algumas rosas trepadeiras que crescem depressa e florescem durante o ano inteiro, desde que estejam num muro voltado para sudeste, a tradescância, que cresce ao sol e à chuva, em terrenos secos ou húmidos, e é quase indestrutível. As campainhas que cobrem os muros e dão flores lilases, azul-marinho ou rosa. A lavanda que floresce abundantemente e é particularmente bela quando está misturada com rosas; a Royal Crown, no entanto, resiste mal ao inverno e deve ser trazida para dentro de casa.

Perto das janelas da sala de jantar há um lilás, as suas flores azuis têm um perfume de que Max gosta muito. Um pouco mais longe há um ainda pequeno, que dá flores brancas. Estas árvores quase não têm de ser podadas, mas precisam de muito espaço.

Os jardineiros continuam a trabalhar, como se eu estivesse por perto. Lembro-me de um ou dois a olharem por cima do meu ombro para um livro de botânica; e de quando traziam para o quarto de jardinagem as sementes ou as pequenas plantas acabadas de chegar de muito longe e as examinávamos juntos, e planeávamos o melhor lugar para as cultivar e os cuidados a ter nos primeiros tempos.

Ao longo dos anos, plantámos inúmeras variedades de rosas, e eu gostava particularmente de algumas: Angel Face, com as suas flores malva escuro ou lavanda, que têm mais de quarenta pétalas, e um cheiro que lembra citrinos; Another Chance, de um branco muito puro, que se abre para um interior creme, as flores duram muito tempo nos arbustos, as pétalas são resistentes e o perfume suave; Autumn Sunlight, as flores são de uma cor avermelhada e parecem insignificantes até que a luz do sol toca nas pétalas e revela um belíssimo e luminoso tom de laranja, e um perfume agradável, florescem no verão e no outono; Autumn Sunset, as flores são cor de damasco com toques de laranja e amarelo profundo, florescem no verão e no outono; Black Ice, os rebentos são muito escuros e ao abrir revelam cachos de flores de um escarlate profundo; Blue Moon, as minhas rosas azuis, o tom mais azul do lavanda, com um perfume doce, as folhas de um verde muito escuro, florescem no verão e no outono e podem morrer facilmente num inverno muito rigoroso; Blue River, flores lilases, salpicadas de magenta e rosa, especialmente no bordo das pétalas, têm um perfume forte, muitas pétalas e duram muito tempo depois de cortadas.

À noite eu sentava-me na biblioteca, punha no gramofone um dos meus discos de jazz e folheava um livro de rosas ou o *Handbook of Narcissus* de E. A. Bowles.

E às vezes ia buscar a uma gaveta o livro de Hiroshige que comprei em Paris, e sentia-me mais perto da natureza das coisas. Cerejeiras em flor na represa de Tamagawa, o pomar de ameixieiras em Kamata, o quarteirão de Saruwakamachi à noite, um santuário entre as árvores numa charneca, a vista de uma janela circular, pardais e camélias numa tempestade de neve, um rio entre montanhas cobertas de neve, fogo-de-artifício sobre uma ponte, vista de um rio ao luar, viajantes num caminho de montanha, pessoas debaixo de castanheiros à beira de um regato, mar agitado rebentando nas rochas, o templo sobre uma rocha alta, barcos de pesca num lago, uma família numa paisagem de nevoeiro, a lua sobre uma queda de água, pessoas numa rua ao luar, pessoas numa ponte surpreendidas pela chuva, viajantes passando por uma loja, vista nocturna de um templo nas colinas, um castelo na neve, uma aldeia na neve, montanhas na neve. Crisântemos.

Os redemoinhos de Hiroshige, que me impressionam tanto como a onda de Hokusai. E sempre o monte Fuji. Ele era o artista do nevoeiro, da neve e da chuva... No manual de desenho Ehon Tebikigusa, diz que as pinturas são baseadas na forma das coisas. Se copiarmos a forma e acrescentarmos o estilo e o sentido, o resultado é uma pintura. Para pintar uma bela paisagem o pintor deve saber combinar uns com os outros os elementos que constituem essa paisagem.

Se eu viver até aos oitenta anos, e viajar muito, e vir muitos quadros, talvez compreenda a natureza das coisas, talvez penetre no mistério do universo...

No entanto, eu não queria viver muito. Viver depressa e morrer cedo. E quando chegasse o momento de partir, reconhecê-lo-ia, decerto. E não teria medo.

Mas as noites eram quentes na tranquilidade da biblioteca, com os cães deitados no tapete e um livro no colo, e a música de Duke Ellington que, como Bach, fez um pacto com Deus, e a chuva lá fora tornava o mundo mais íntimo, e na manhã seguinte, com sol ou com chuva, haveria flores novas no jardim, e trabalho para fazer; olhava para as minhas mãos que tinham um ar bem cuidado, mas vistas de perto estavam cheias de arranhões e sorria para mim mesma. Na manhã seguinte, com um vestido velho e um chapéu de palha, talvez com uma das gabardinas que ficavam no quarto de jardinagem, eu estaria no jardim, acompanhada pelos meus cães e, como quando era criança, saberia tudo o que se passava nele, e tudo o que era preciso fazer, e as minhas mãos ganhariam mais alguns arranhões e ficariam sujas de terra e de água. As minhas mãos. Quase não reconheço as minhas mãos.

Os jardineiros continuam a trabalhar como se eu estivesse por perto, e todas as tardes Frith acende a lareira da biblioteca, e eu lembro-me do poema de Stevenson, *My house, I say*, e do velho jardineiro que olhava de longe, através de um portão fechado, o jardim que um dia julgara seu.

14.
O segundo acto

Aos poucos Manderley tornou-se mesmo a sua casa, os cães seguiam-na para todo o lado; a casa de barcos era agora um pequeno chalé e havia um barco amarrado à frente, um barco verde e branco, *Je reviens*.

Ela era a esposa perfeita, a dona de casa perfeita. As refeições tinham melhorado consideravelmente, os pratos complicados em que ela quase não tocava, comia pouco, e gostava de coisas simples. Mas aquele era o seu papel, era a sua parte no trato, e não queria que ele tivesse razões de queixa. Danny era uma grande ajuda, governava a casa com mão de ferro, e mesmo Frith baixava o olhar quando ela dava as suas ordens.

Ao fim de alguns meses havia novas flores no jardim, os bolbos plantados no outono desabrocharam na primavera, e ao longo das alamedas cresciam pequenos rododendros que floriram bastante cedo. Rebecca plantou com as suas mãos o rododendro arbóreo, levaria algum tempo a dar as primeiras flores, levaria muitos anos a crescer; se ela morresse jovem continuaria a crescer depois de ela ter desaparecido. O que era consolador e triste. Mas não pensava morrer tão cedo.

Um dia encontraram-se na alameda, onde os rododendros estavam em flor. Daí a um mês as flores teriam desaparecido, mas então seria a vez das hortênsias, brancas e azuis porque ali havia ferro no solo, as que viviam na profundidade do jardim eram brancas e cor-de-rosa.

Ela estava de joelhos, a examinar um pequeno arbusto,

quando o viu aproximar-se. Levantou-se rapidamente e limpou a terra dos joelhos.

Ele cumprimentou-a e começaram a andar juntos. Foi Rebecca que rompeu o silêncio.

Porque não fazemos uma viagem?

Juntos?

Porque não?

Onde gostarias de ir?

Para muito longe, o Japão, talvez.

Ele pareceu surpreendido.

Porquê o Japão?

Ela encolheu os ombros.

Eu gosto da pintura deles.

Ele sorriu sem querer.

E trarias plantas...

Todas as que pudesse.

Os dois juntos, a atravessar uma ponte, a passear num jardim, a visitar um mosteiro. O monte Fuji.

E quando querias viajar?

No inverno. Eu quero ver a neve, a chuva. Tenho a certeza de que soam de uma forma diferente.

Por momentos, ele olhou-a dos pés à cabeça.

Eu só consigo imaginar-te em Londres, com um vestido novo e o maldito colar de pérolas.

Ela recuou.

O colar que tu compraste.

Sim.

Isso é tão injusto.

Naquela manhã, ela vestia uma saia simples, um casaco de malha, sapatos rasos. Tinha o cabelo ligeiramente puxado para trás, preso com um gancho. Não usava maquilhagem.

Há alguma coisa em ti, disse Rebecca devagar. Como se não pudesses ver, ou talvez conhecer.

Ela ajoelhou-se de novo, junto de um pequeno rododendro.

Esta planta leva muitos anos a atingir a sua altura máxima, que é de cerca de um metro. Há uma semana, quando estava muito frio, eu vinha cobrir as flores com plástico, ao entardecer, para as proteger de uma longa noite de geada.

Isso aprende-se nos livros.

Ela abanou a cabeça.

Não é a mesma coisa. Tem a ver com conhecimento. Pode fazer-se com pessoas.

Ele estava de pé, e parecia muito alto, muito irónico, com as pernas ligeiramente afastadas e as mãos nos bolsos.

Queres dizer... como o amor?

Talvez.

Tu és incapaz de amar.

Ela levantou-se. Ele estendeu a mão para ajudá-la. Durante alguns instantes não lhe largou a mão, como se obedecesse a algo que era superior às suas forças. Por fim largou-a e meteu as mãos nos bolsos do casaco.

Rebecca cruzou os braços.

Então é assim que tu me vês. Com um vestido negro muito caro e um colar de pérolas.

E vazia por dentro.

Suponho que isso é um cumprimento.

Um cumprimento, pensou Rebecca. Pela minha forma de representar. Mas quando um actor se confunde com a personagem, está perdido...

É o que acontece com Basil Rathbone, disse baixinho.

Quem?

Ele representa Sherlock Holmes no cinema. Mas suponho que qualquer actor que represente Sherlock Holmes está condenado.

Aquele programa de rádio que tu ouvias às vezes.

Continuo a ouvir.

Sozinha, no quarto de jardinagem. Depois do jantar. Basil Rathbone era Sherlock Holmes, Nigel Bruce o dr. Watson.
Não vejo a relação, disse ele.
Não há qualquer relação.
Uma sensação estranha. A de que qualquer actor que represente Sherlock Holmes está perdido para sempre.
Mas a minha personagem não é mais forte do que eu, pensou Rebecca.
Sentou-se num tronco, à beira do caminho, e deixou-o afastar-se. Então continuou até Manderley, que já não ficava muito longe, passou pela casa e seguiu pela vereda dos bosques. Quando chegou à praia estava um pouco cansada, não do passeio, mas de outra coisa, outra coisa que pesava sobre os seus ombros quase até a esmagar. Entrou no chalé e substituiu a saia por umas calças velhas e os sapatos por umas sandálias de tiras.
Je reviens.
Quando se encontrou em alto mar, com o vento a jogar-lhe o cabelo para o rosto e as ondas a salpicarem-lhe a cara, sentiu-se melhor. Afinal não acontecera nada, apenas verificara, uma vez mais, que fazia bem o seu trabalho.
Era uma actriz a representar o papel da sua vida, e fazia-o muito bem, confundia-se com a personagem ao ponto de nem o marido as poder separar. Eles eram o casal mais bonito, mais invejado da Grã-Bretanha, e a sua casa era a mais bela, e as suas festas as mais brilhantes.
Cumpria a sua parte do trato, e ele cumpria a dele, à frente dos outros parecia adorá-la... E mesmo às vezes quando estavam sozinhos, quando os seus corpos se aproximavam, quase contra vontade, e os seus lábios se tocavam, e faziam amor como ele só devia ter feito com as mulheres fáceis e ela aprendera com os outros e com ele, e depois se afastavam exaustos, e passavam a noite sem dormir, a alguns centímetros um do outro, desejando

que amanhecesse, que a primeira claridade se insinuasse pela janela e os ruídos da criadagem se ouvissem no andar de baixo, e os pássaros da noite dessem lugar aos pássaros mais luminosos da manhã.

Mas era impossível esquecer o desejo e o ódio, e esquecer que estavam vivos ou mortos e sempre demasiado próximos um do outro.

15.
Os objectos

Há uma religião de que não se fala nas igrejas, o amor pelas pedras e a terra, as plantas e os animais, os livros e os barcos. É uma ideia estranha, quase irónica, mas talvez eu tenha amado de mais. Ele costumava dizer que eu não tinha o dom de amar, como certas pessoas não têm o dom de fazer crescer uma planta, e havia alguma verdade nisso, e ao mesmo tempo era tremendamente injusto, eu apaixonara-me por ele logo no princípio. O rapaz da biblioteca, com o cão deitado aos seus pés. O rapaz que tinha sublinhado um poema de Stevenson, *our house, they say; and mine, the cat declares and spreads his golden fleece upon the chairs...* Acho que o poema era um aviso, não devemos amar os tijolos, os muros e as flores... Mas nenhum de nós lhe prestou atenção, e agora é demasiado tarde.

Eu gostei de Max pelo seu aspecto e a sua casa, e a sua forma de beijar, e a primeira memória de lilases, e as pinturas de El Greco... Eu amei-o como só um ser maldito pode amar outro ser maldito, eu acho que nunca estivemos tão apaixonados um pelo outro como naquele dia no penhasco, quando voltámos para o automóvel, em silêncio, ele estava belo e taciturno, eu nunca me tinha sentido tão bonita. Lembro-me da descida para Monte Carlo, das ruas e do sol da tarde, e de entrarmos no hotel, e de como fizemos amor naquela noite, nunca tínhamos feito amor assim.

My house, I say.

Agora, partilho a minha casa com uma estranha. A biblioteca imóvel no tempo, a sala de estar com rododendros nas jarras, a mesa debaixo do castanheiro, os caminhos do jardim. O meu cão. Era isso que o poema queria dizer, nós não possuímos nada, limitamo-nos a passar.

Às vezes pergunto a mim mesma se assombro os seus dias como ela assombra os meus, somos o fantasma uma da outra, o eterno fantasma uma da outra.

Hoje segui-a até ao chalé da praia. Ela lanchou, como habitualmente, debaixo do castanheiro do jardim, comeu torradas e uma fatia de bolo, bebeu uma chávena de chá. Depois levantou-se e foi à sala de jardinagem buscar uma gabardina. Levou o seu caderno de esboços, como se precisasse de um pretexto para o passeio. Eu às vezes fico a olhar, por cima do seu ombro, para os desenhos, acho que tem algum talento, um certo gosto pelo inacabado.

Ela caminhava através dos bosques, e eu seguia-a a uma pequena distância; uma atmosfera de sonho, mas não sei qual de nós estava a sonhar. Quando chegámos ao lugar onde o caminho se bifurca em dois, ela hesitou um momento, depois seguiu pelo que leva a Happy Valley.

Os rododendros não são vermelhos, são brancos e cor de pêssego, têm uma certa doçura que os outros desconhecem. As azáleas estão em plena floração e o ribeiro traz muita água, gosto dos sons, a água e os estorninhos, sempre houve muitos estorninhos ao longo da alameda.

Ela apanhou uma pétala de azálea e esfregou-a na mão. Creio que estremeceu, como se tivesse começado a sentir frio; fechou a gola da gabardina de encontro ao pescoço. Depois continuou, os sapatos a afundarem-se nos fetos, nas folhas e nas pétalas caídas. A certa altura corri à frente dela e depois esperei, parada entre as árvores. Tive a impressão de que o vento fazia roçagar o meu vestido.

Estivemos algum tempo na enseada cheia de gaivotas e depois seguimos pelo caminho dos rochedos. A espuma atingia as pedras e salpicava-nos o rosto, os cabelos.

A maré estava a subir e de vez em quando uma onda mais forte fazia desaparecer a praia. A rapariga hesitou novamente ao aproximar-se do chalé, como se receasse encontrar alguém. Mas não havia ninguém desta vez. O velho Ben não estava por ali, o que me alegrou.

Ela empurrou a porta, que se encontrava aberta como de costume. Olhou em volta, com atenção, como se quisesse compreender aquele lugar, o que restava daquele lugar, depois pousou o caderno de esboços numa cadeira.

Tirou um lenço do bolso da gabardina e limpou duas ou três miniaturas de barcos, uma delas feita por mim, há muitos anos, na casa do meu pai. Quando está sozinha, ou se julga sozinha, os seus dedos não são desajeitados, pega nos objectos com o mesmo cuidado do que eu, com o mesmo afecto.

Depois começou a folhear os livros. Detinha-se na primeira página, onde está escrito o meu nome. Disse-o baixinho, o que me causou uma sensação estranha.

Mais tarde, começou a chover. A cabana ficou muito escura, e o som do mar pareceu ainda mais próximo. Ela sentou-se numa cadeira e eu encostei-me à janela.

Não sei quanto tempo se passou. Ela tinha o ar desprotegido de sempre, as mãos a rodearem os joelhos. Eu sentia vontade de desenhar ou escrever palavras no vidro húmido. Um barco, o meu nome.

A certa altura comecei a falar, há muito tempo que não falava com ninguém, de onde viemos, para onde vamos, quando começou o tempo, onde começa o coração, será que os anjos caídos sabem que caíram. Ela não me respondia, imersa nos seus pensamentos, mas eu continuava, insistentemente, os nomes das plantas, os nomes dos pássaros, os nomes das borboletas. O meu nome. E ela não tinha nome, era apenas um segundo eu, uma segunda Mrs. De Winter.

Quando parou de chover ela saiu do chalé e ficou distraída a olhar os canteiros cheios de urtigas; senti o desejo de que cuidasse das minhas plantas, como cuidara durante alguns minutos dos meus barcos e dos meus livros, das coisas que as minhas mãos tocaram e amaram.

Lavanda marítima, que tolera o vento do mar e o solo salgado; unha-de-gato, que cresce bem em lugares solarengos e ventosos e no solo mais seco e arenoso; rosas da rocha, com as suas flores cor-de-rosa e brancas. E num canto mais protegido, miosótis, que plantei num mês de julho e deram flor na primavera seguinte, flores azuis, rosa e brancas; devem ter sido os primeiros a morrer.

Quando ela foi embora peguei num dos barcos que limpara com o lenço. Parecia-se com o meu. Era verde e branco e tinha uma pequena cabina, velas de tecido áspero. Em criança, gostava de barcos dentro de garrafas. O meu pai comprava-me um de vez em quando. Eu imaginava-o a caminhar nas ruas junto ao rio, no meio do nevoeiro, e a entrar nas lojas escuras, até encontrar um barco dentro de uma garrafa, uma velha bússola, um mapa antigo, um caderno de bordo. Uma história de piratas esgotada há muito tempo.

Os meus livros. Eu compreendi que o meu pai tinha morrido quando rocei a mão pelos seus livros e pensei que ele não os voltaria a ler. E fiquei a tarde inteira na biblioteca. Uma garrafa de xerez, um cinzeiro cheio de beatas. E rosas muito abertas que começavam a perder as pétalas. Antes de voltar para Manderley.

Tirei alguns livros da estante e levei-os para o divã. Comecei a ler, primeiro uma página, depois algumas páginas seguidas. Uma aproximação pelas trevas, a história de um rei lendário, uma mulher de branco e a descrição de uma charneca.

Uma estalagem junto ao mar que não tinha hóspedes no inverno. O meu Sherlock Holmes, ele também esteve na Cornualha, passou semanas numa casa pintada de branco, à beira dos penhascos, e quase desistiu da cocaína, eu nunca amei, mas se tivesse amado...
E como no dia em que fui ver o pequeno rododendro azul que os outros já esqueceram, senti-me justificada, estava a dar vida aos meus livros, eles não são como os volumes velhos na biblioteca que se fecham em si mesmos, eles precisam de ser lidos, dobrados, sublinhados.
Continuei a ler até que escureceu e voltei para casa. Já tinham jantado e vim para a biblioteca onde não estava ninguém e sentei-me num canto.
Para atravessar a noite.

16.
As noites de chuva

E um dia, a solidão acumulada durante quase cinco anos tornou-se insuportável e ela compreendeu que tinha de encontrar uma saída. Tinha feito vinte e nove anos e a festa em Manderley ficaria na memória de todos, o salão iluminado, ele com o seu fato escuro e ela com um vestido azul e um colar de esmeraldas, a receberem os convidados, os pares a dançarem pela noite dentro, quase até de madrugada, a música de Strauss e o champanhe francês. O fogo-de-artifício.

Mas quando despertou de manhã, depois de duas ou três horas de sono, percebeu que tinha de ir embora. Ele dormia ainda, não deviam ser mais de oito da manhã. Tomou um banho e passou a escova pelo cabelo molhado, fixou com dureza os olhos que pareciam cinzentos, talvez por causa das olheiras, vestiu uma saia castanha, uma blusa branca e um casaco castanho de boa marca mas um pouco surrado, pegou na carteira e saiu do quarto sem olhar para trás.

Frith cumprimentou-a no vestíbulo e ela forçou um sorriso, os cães vieram a correr da cozinha e acariciou-os rapidamente, e depois quase fugiu para a porta de entrada, percorreu como num sonho o caminho que levava à garagem e entrou no seu automóvel.

Por momentos encostou o rosto ao volante, com um cansaço que vinha de há muito tempo, pôs o motor a trabalhar e quando olhou para trás quase esperava vê-lo, a cortar-lhe o caminho.

Pensou que era a última vez que via Manderley, e isso não lhe importava nem um pouco, ia embora para sempre.

Quando chegou a Londres foi para um hotel, um hotel relativamente modesto onde não se lembrariam de procurá-la. No quarto, que dava para a Strand, tirou o casaco e os sapatos e deitou-se na cama e daí a alguns minutos dormia profundamente.

Quando despertou sentiu fome, o que era natural, porque passava das cinco da tarde e não comia nada desde a véspera. Vestiu o casaco, passou a mão pelo cabelo revolto e saiu para a rua, para o movimento alegre da rua, com uma sensação boa no peito. Entrou num restaurante e comeu uma refeição simples, bebeu dois copos de vinho e depois foi fazer algumas compras. Alguma roupa, alguns cosméticos.

Naquela noite foi ao teatro, ver um musical, e quando saiu sentou-se um bocado em Trafalgar Square, antes de voltar para o hotel. Dormiu profundamente e quando despertou na manhã seguinte sentia-se quase feliz. Depois do pequeno-almoço tomou um táxi e foi até Richmond.

Não devemos voltar aos lugares onde fomos felizes. Mas quando ao aproximar-se do velho prédio onde vivera viu a tabuleta que dizia aluga-se, percebeu que era um sinal. E ela já vivera o bastante para acreditar em sinais.

O apartamento era o mesmo. O porteiro era outro, e ela ficou contente por não a reconhecerem. Alugou o apartamento e passou os dias seguintes a desfazer-se dos móveis e a comprar outros, mais a seu gosto, a entrar nos alfarrabistas para comprar velhos mapas e livros; encontrou uma miniatura de um barco numa loja perto do rio que conhecia há muitos anos.

Conseguiu que o espaço ficasse como era antigamente, e a primeira vez que desceu o relvado até ao rio verificou que ali também nada mudara, havia mais rosas, talvez, e passavam mais barcos.

Foi lá que Jack a encontrou alguns dias depois. Ela tinha telefonado para o prédio onde ele vivia e deixado uma mensagem. Não se tinham visto muitas vezes nos últimos anos, Max não gostava dele, e Rebecca raramente o convidava para ir a Manderley.

Ele sentou-se ao seu lado, afastou-lhe o cabelo do rosto.

É bom ver-te de novo.

É bom estar aqui.

Até a sua maneira de vestir era diferente, mais informal, o cabelo um pouco revolto, uma leve camada de batom por única maquilhagem. Conseguira o impossível, voltar atrás no tempo.

Mas inesperadamente foi Jack que a fez voltar à realidade.

Tens de regressar a Manderley.

Porquê?

Tu sabes porquê.

Ela sabia porquê. Pertencia a Manderley, desde sempre. Não havia fuga possível.

Acho que não consigo.

Ele agarrou-a pelos ombros.

Não há qualquer motivo para não conservares este apartamento. Podes vir a Londres a qualquer altura, passar uns dias aqui, viver como quiseres.

E ir dançar à noite, e ir ao teatro. E ter outros homens. Ele quase matara o seu desejo, mas não seria para sempre. Mesmo que tivesse de dormir com outros homens, com muitos homens, para voltar a senti-lo.

Ficas hoje comigo?

Claro que sim. Mas amanhã regressas a Manderley.

Amanhã.

Dormiram juntos naquela noite. Era a primeira vez desde o seu casamento. E foi bom, ele sempre gostara dela, se tivesse dinheiro tê-la-ia pedido em casamento quando eram pouco mais do que adolescentes.

No dia seguinte voltou para Manderley. Max não estava, mas não se mostrou surpreendido ao chegar. Durante o lanche conversaram sobre outros assuntos e foi depois, na intimidade da biblioteca, que ela lhe disse que tinha alugado o seu antigo apartamento em Londres.

Porquê?

Preciso de um espaço.

Tens Manderley.

Em Manderley... às vezes não consigo pensar.

Não lhe disse que se confundia com Manderley, ao ponto de não se lembrar de quem era dentro das suas paredes. De não distinguir o seu perfume do perfume do jardim. De não saber quando tinha chegado, porque no fundo sempre estivera ali. Ele talvez compreendesse. Pelo menos noutro tempo teria compreendido.

Foi assim que começou a sua vida dupla. Continuava apaixonada por Max e pela sua casa. Mas o apartamento em Londres fazia uma grande diferença. Respirava de alívio ao fechar a porta do prédio atrás de si. Tomava um longo banho, talvez com o desejo inconsciente de se libertar do cheiro das azáleas. Ao anoitecer sentava-se nos degraus junto ao rio, com um livro e um maço de tabaco.

Voltou a frequentar os teatros e os pubs, e fez novos amigos. Actores, alguns deles desempregados, músicos de jazz, artistas absolutamente desconhecidos. De vez em quando tinha um amante.

Quando estava em Manderley, passava muito tempo no chalé. Saía normalmente depois do jantar e só voltava no dia seguinte.

O sol e o vento davam um leve bronzeado ao seu rosto, ao seu corpo. Era bom acordar de manhã no chalé, tomar um duche e vestir umas calças velhas, uma camisa, prender o cabelo na nuca com um gancho, e meter-se no barco à vela, sobretudo quando o mar estava agitado e havia o perigo de ser atirada contra as rochas. Tinha de provar que o mar não era mais forte do que ela. Nada era mais forte do que ela.

Um dia percebeu que ele desconfiava das suas noites no chalé, e então fez-lhe a vontade, começou a convidar amigos para um piquenique à meia-noite, um passeio de barco. Muitas vezes só convidava Jack, e ele ficava lá, a dormir com ela.

E no dia a seguir estava a almoçar em casa, na grande mesa da sala de jantar, uma refeição que ela mesma indicara, com o vinho que escolhera. E mal tocava na comida, e ele também mal tocava na comida, era um ritual que cumpriam os dois, uma comédia quase sem espectadores, inútil como quase tudo o que faziam.

Duas vidas. E sempre o mesmo vazio, e afinal a solidão não desaparecera, corria o risco de tornar-se mais forte do que nunca.

17.
Caroline de Winter

Eu tinha passado inúmeras vezes por aquele quadro ao longo dos anos, e nunca fixara o rosto da mulher. Havia muitos retratos de antepassados dele na galeria, e eram invariavelmente maus. Ainda assim é estranho que nunca tivesse reparado em Caroline de Winter.

Porque éramos singularmente parecidas. O cabelo dela era mais claro e o penteado diferente do meu. Mas o rosto tinha traços quase idênticos, os ombros e o colo eram iguais. Lembrei-me da primeira vez que viera a Manderley, da sensação de ter estado aqui antes; e por momentos a ideia fascinou-me, e depois repeliu-me.

Naquele dia estava a examinar os quadros porque precisava de uma ideia para o meu vestido no baile. As pessoas falavam do baile de máscaras como de uma tradição muito antiga, mas na verdade fui eu que o organizei pela primeira vez, dois ou três anos depois do casamento. Na altura as festas divertiam-me, acho que precisava de aplausos, um actor precisa de vez em quando dos aplausos do público. E depois, quando nos absorvemos mesmo num papel, podemos ter um vislumbre de quem realmente somos.

De onde viemos, para onde vamos, quem somos. Porque é que ficámos para trás. Será que os anjos caídos sabem que caíram? Muitas vezes, quando lia um romance, via uma peça de teatro ou um filme, tinha a impressão de que a história era a mesma, como uma corrente subterrânea, a luta do anjo bom e o anjo caído. Mas eles não sabem quem são. E envolvem-se na luta como num abraço, talvez porque há muito tempo foram um só.

Era fácil visualizar-me com o vestido, um vestido branco de decote fundo e cintura justa, um pequeno ramo de violetas na cintura. Copiei o modelo no meu bloco de notas e mandei a página para a minha modista de Londres. No dia em que o vestido chegou senti o entusiasmo dos primeiros anos, ficava-me bem, acentuava talvez a magreza, mas não podia fazer nada quanto a isso. O cabelo, que cortara pelos ombros, só precisava de ser ondulado nas pontas. Pensei com indiferença que era o meu último baile. Lembrei-me vagamente do primeiro, ainda mal tinha quinze anos, as pérolas entrançadas no cabelo, o vestido talvez demasiado adulto. Mesmo eu, que não dava grande importância aos vestidos, lembro-me de alguns, o do primeiro baile, o do encontro em Madrid, o de Monte Carlo quando o tentei à beira dos penhascos. E pergunto a mim mesma se a eternidade será isto, recordar uma e outra vez, um vestido, um beijo, um dia de outono, a primeira neve, os meus cães. As coisas essenciais. O nome das rosas e as frases dos livros, o tempo em que alguém nos amou, o jardim que fizemos com as nossas mãos.

Estão a preparar o baile. Já passou um ano e estão a preparar o baile de máscaras, como se nada tivesse acontecido. Como se a dona da casa não tivesse morrido.

É Danny que organiza tudo, e parece fazê-lo com uma alegria quase selvagem. A princípio achei estranho, porque ela sente a minha falta mais do que ninguém.

Eu estava na galeria quando ela levou a rapariga a ver o retrato de Caroline. E então percebi que tinha um plano. Depois a rapariga voltou sozinha e copiou o modelo no seu caderno de esboços. É estranho, é como se ela copiasse um dos meus vestidos. Três mulheres com vestidos iguais, como numa canção infantil, e a única de nós que tem alguma realidade é Caroline. Eu nunca me preocupei em saber quem foi Caroline de Winter. Uma tia de Max, que ele não conheceu. Deve ter crescido em Manderley, deve ter brincado no jardim e na *nursery*, talvez tenha morrido jovem. Como a rapariga, limitei-me a roubar-lhe o vestido.

Sempre gostei dos dias que antecediam o baile. De enviar os convites e dar instruções aos criados e aos jardineiros... Às vezes perguntava a mim mesma de onde vinha aquele conhecimento quase instintivo de como governar uma casa, devo tê-lo interiorizado sem me dar conta na casa do meu pai, afinal ele treinou-me para ser uma princesa. Ele já tinha morrido quando demos o primeiro baile. Morreu alguns meses depois do casamento, e eu estava com ele, foi numa noite de chuva. E depois do funeral voltei para Manderley, e passei dias a trabalhar no jardim e a andar de barco, era inverno e estava sempre a chover, mas não conseguia ficar dentro de casa.

No dia do baile, faziam-se os últimos preparativos, tenho a impressão de ver-me a mim mesma a andar pelos quartos, a ajeitar as flores nas jarras, nesta altura do ano há sobretudo rosas, as rosas pesadas do outono, o ar cheira a rosas dentro e fora de casa. E depois ia tomar um longo banho e vestir-me, de certa forma aquela era a minha noite, e tinha de preparar a minha actuação. Eu era uma daquelas actrizes que se confundem com as personagens, o anjo que representa o papel de demónio talvez tenha de experenciar a queda, ou talvez representar o papel de demónio seja a própria queda.

A rapariga acabou de tomar banho e há uma caixa de cartão com um vestido aberta sobre a cama. O endereço do remetente é o da minha modista em Londres. Ela tem o cabelo liso como de costume, mas em cima da cama está também uma caixa com uma cabeleira. Não há dúvida de que leva o seu papel a sério. A Cinderela que se veste para o seu primeiro baile.

A ideia diverte-me um pouco. Será que o patinho feio se vai transformar num cisne?

O vestido que a criada tirou da caixa parece muito grande para ela. Mas é uma ilusão, na verdade assenta-lhe perfeitamente, tem uns ombros bonitos, a cintura fina, e os sapatos de salto alto fazem uma grande diferença. Ela maquilha-se com cuidado à frente do espelho, como uma criança inexperiente, mas o resultado não é mau de todo.

A cabeleira castanha é o toque final e transforma-a completamente. Dir-se-ia que ficou mais alta, mais bonita, e o seu rosto pálido ganhou vida. E, o que é pior, tornou-se um pouco parecida comigo.

Não é a primeira vez que noto essa semelhança. Mas desta vez o pensamento incomoda-me. Ela tomou o meu lugar, é a dona da casa, e começa a parecer-se comigo.

Acho que nunca tinha pensado nela como numa inimiga. Era demasiado nova, e desde o primeiro dia assemelhava-se a uma menina perdida num labirinto, a quem ninguém ensinou que se deve virar sempre à esquerda (ou isso só será verdade para o labirinto de Hampton Court?).

Uma figura de contos de fadas, Alice, Cinderela, Gretel... Gerda, talvez, plantando rosas num caixote, *it was roses, roses, all the way, with myrtle mixed in my path...*

É estranho pensar nisso agora. A mulher que acaba de arranjar-se diante do espelho tem uma expressão antiga, familiar, um sorriso deliberadamente sedutor, os seus olhos são quase cinzentos e o tom de voz com que se dirige à criada é amável mas autoritário.

Ela sai do quarto e, antes de descer, detém-se em frente do retrato de Caroline. Sorri para si mesma, como se verificasse a semelhança.

Lembro-me do que pensei exactamente há um ano: uma Caroline de Winter que voltou do mundo dos mortos. Talvez ela pense o mesmo.

Estamos as três aqui e tenho de novo a impressão de que só Caroline é real, nós somos outra coisa, um ser que ainda não existe e um que se recusa a deixar de existir. E, meu Deus, como a mulher do quadro é mais autêntica, com os seus grandes olhos tranquilos e as mãos pousadas no regaço, sorrindo ao de leve para o pintor, sorrindo ao de leve para nós duas. Lá em baixo, Max e a irmã preparam-se para receber os convidados. Acho que os primeiros automóveis estão a chegar. Daqui a algum tempo os músicos vão começar a tocar, provavelmente a minha música preferida, e Max abrirá o baile com a sua mulher.

A rapariga ajeita o cabelo num gesto maquinal e dirige-se à escada. Levanta um pouco o vestido com a mão e começa a descer com uma graciosidade nova, quase inconsciente.

Está quase a chegar aos últimos degraus quando Max se volta para ela.

18.
Como a chama de uma vela

Quando chegou de Londres já passava da hora do jantar. Parou o automóvel em frente à casa. Ficou algum tempo quieta, com o rosto encostado ao volante. Depois pegou na carteira e saiu do carro.

Havia algo de estranho na noite. Ou talvez dentro dela. Um silêncio que falava de outras noites, tão poucas noites. Estranho que todas as noites da sua vida agora parecessem tão poucas, as suas noites estavam contadas, repetia baixinho para si mesma, as minhas noites estavam contadas.

Deixou as luvas e a carteira no vestíbulo. Dirigiu-se para a sala de jantar, onde tudo estava pronto para a refeição.

Mr. De Winter já chegou?

Mr. De Winter telefonou a dizer que não vem jantar.

Fez um esforço para comer alguma coisa, mas desistiu. Não lhe apetecia nada, talvez mais tarde, uma fatia de pão ou uma peça de fruta.

Mas não suportava a ideia de passar a noite no seu quarto. A ala oeste de onde se ouvia o mar. Havia noites em que preferia o cheiro das rosas, o lado doce do jardim. Mas ela não era feita dessa maneira, não eram rosas mas rododendros, não era um jardim doce mas o mar agitado.

E afinal é tudo a mesma coisa, pensou Rebecca, eu sempre gostei de rosas e da tranquilidade da biblioteca, e talvez no fundo de mim mesma só desejasse ser amada, e ter filhos, no princípio nós queríamos ter filhos.

Talvez, pensou com um arrepio, me tenha enganado no papel.

Mas a peça estava a chegar ao fim, era demasiado tarde para mudar de papel. Para aprender outras linhas.

Saiu de casa, como uma estranha que não deseja ser vista, e dirigiu-se aos bosques. E então algo despertou nela, uma espécie de raiva, os rododendros não estavam em flor, não voltaria a vê-los em flor, não veria crescer o rododendro arbóreo que plantara com as suas mãos, ele viveria mais do que ela.

É bom morrer no outono.

No fim do verão. Afinal, ela sempre quisera morrer cedo, e rapidamente, como a chama de uma vela que alguém sopra no escuro. Não gostava da ideia de envelhecer, e ultimamente já havia algo, umas linhas no canto da boca, começa pela boca.

Serei sempre bonita. Serei sempre a criatura mais bela que eles viram nas suas vidas.

Andava cada vez mais depressa, pela vereda entre as árvores, a certa altura escorregou e quase torceu um tornozelo, mas finalmente o caminho chegou ao fim e encontrou-se na praia, perto do chalé.

As plantas dos canteiros, cheias de vida. Havia algumas em flor. Plantadas com as suas mãos. Abriu a porta com a chave e fechou-a atrás de si. Tirou o fato de saia e casaco cinzento, atirou os sapatos de salto alto para longe. Depois tomou um duche, ficou durante muito tempo debaixo da água quente, até se sentir um pouco melhor.

Vestiu umas calças cinzentas, velhas, e uma blusa de linho branco. Umas sandálias rasas. Ficou algum tempo a olhar para o espelho, o seu rosto estava nitidamente mais magro, os olhos muito verdes, com olheiras, as pequenas rugas nos cantos da boca bem visíveis. Pensou que se parecia mais do que nunca com uma figura de El Greco, a divindade no rosto e no corpo. Puxou o cabelo para a nuca e prendeu-o com um gancho.

Eram quase dez horas. Apetecia-lhe meter-se no barco e dar um passeio, o mar estava agitado, as ondas batiam contra as rochas. Dar um passeio na noite, tinha tão poucas noites, as suas noites estavam contadas.

Abriu uma lata e tirou um pão que começava a endurecer. Cortou uma fatia e comeu-a devagar, começou a sentir a leve dor no ventre que tinha nos últimos tempos, que se tornara quase uma companhia.

As suas noites sozinha, na cabana, ouvindo o mar e a chuva. E de repente a ideia pareceu-lhe insuportável, as noites contadas, sempre a pensar na mesma coisa. Na manhã seguinte falaria com Max. Algo dentro de si acreditava que ele não a deixaria sozinha, afinal ele amara-a, pelo menos durante umas semanas, uns meses. E teve a impressão de que tudo não passara de um pesadelo, aqueles últimos anos, o que acontecera depois daquele dia em Monte Carlo, quando tinham representado a cena de Cristo e Lúcifer à beira do precipício.

Deixou a fatia de pão sobre a mesa e acendeu um cigarro. O cinzeiro precisava de ser limpo, estava cheio de beatas.

Alguém empurrou a porta e ela voltou-se de repente. O marido estava no umbral.

Mas não havia qualquer gentileza no seu olhar. Olhou em volta, como para verificar se ela estava sozinha. Depois falou asperamente.

Onde está Jack?

Ela a princípio não compreendeu, há tanto tempo que não trazia ninguém ali que a ideia tornava-se absurda. Mas não inteiramente. Tinham passado homens por ali, Jack e outros que ele não conhecia, talvez continuasse a acontecer, tudo era melhor do que as noites sozinha, com a chuva e o mar.

Fitou-o com ironia, uma mão no bolso das calças, a outra segurando o cigarro.

Não está ninguém aqui.

A mão dele, perto do bolso do casaco, fê-la pensar que trazia um revólver. A ideia divertiu-a. Depois de tantos anos, ele escolhera aquela noite para inventar uma cena, como se fossem um casal vulgar e não dois demónios que tinham feito um trato à beira de um precipício.

Ele sentou-se numa cadeira e olhou em volta, não à procura de alguém mas a observar o espaço, as coisas dela, os barcos, os livros, os mapas. Uma jarra com flores que começavam a murchar. Ela olhou também, aqueles objectos que a comoviam, os móveis que escolhera, as cortinas que fizera. Eu, Salomão, filho de David, rei de Israel, eu fiz tanques.

Eu cumpri o meu trato, disse baixinho.

Como?

Não gostas mais de Manderley como é agora?

Acho que sim.

As alamedas de rododendros e azáleas, o roseiral, Happy Valley, as rosas do outono na biblioteca. Eu, Salomão, filho de David, eu fiz tanques.

Não podemos continuar assim, disse Max.

O que queres dizer?

A vida que tu levas...

Ela riu.

A minha vida...

É repugnante. Tu és repugnante.

Ela ficou séria de repente.

Da outra vez disseste que era um monstro.

Não mudei de ideias.

Ela sentou-se numa mesa e cruzou os braços. Pensava rapidamente. Se era para terminar, antes terminar depressa, há que saber ir embora. Quase sentiu alívio.

Tenho uma novidade, meu amor.

O quê?

Tu sempre quiseste um herdeiro, não é verdade?

Ele não respondeu.

Vou ter um filho. E tu vais dar-lhe o teu nome, e vais ser um bom pai, como foste um bom marido...

Estás louca.

Ela começou a abanar a perna, observou com interesse o seu tornozelo magro, o pé, a sandália velha.

E eu vou ser uma mãe perfeita, tal como fui uma esposa perfeita.

Ficou à espera, quase certa de que tinha dito o bastante. Mas ele passou a mão pela testa e não disse nada.

Então começou a rir, um riso alto, ofensivo.

Continuou a rir quando ele tirou o revólver do bolso do casaco e o apontou para ela.

E eu gostava tanto de viver, pensou.

Depois não pensou mais nada.

19.
O nevoeiro

É a manhã depois do baile de máscaras. Alguma coisa correu mal quando ela desceu as escadas com o seu vestido branco. Posso imaginar o que eles sentiram ao vê-la, uma nova Rebecca, numa encenação de pesadelo. Max não se zanga muitas vezes, mas quando isso acontece é terrível, é capaz de matar-nos por dentro.

Ela voltou daí a pouco, quase a chorar, e imobilizou-se diante do retrato de Caroline. Depois olhou na minha direcção. Talvez me tenha sentido, da mesma forma que a cadela cega me sente, eu estava em pé, junto à porta do quarto da ala oeste, o meu quarto.

Eu estava lá, e estranhamente usava o mesmo vestido. Três mulheres com vestidos iguais, como numa canção infantil. Três irmãs, talvez. Era uma noite de pesadelo e eu não acredito em explicações para os pesadelos.

Mais tarde, ela desceu de novo, com a maquilhagem retocada e um vestido azul, um dos seus velhos vestidos. Ela e Max receberam os convidados, sem olharem um para o outro. A cena tinha qualquer coisa de familiar. O baile prolongou-se pela noite dentro, música e champanhe no salão e no roseiral, fogo-de-artifício nos relvados.

A festa continuava como se eu nunca tivesse existido. Ouvi alguns comentários, não é tão bonita como Rebecca, mas afinal nenhuma mulher é tão bonita como Rebecca; mas é encantadora, e ele parece quase feliz. Dizem que a encontrou em França, que era corista, ou dama de companhia, ninguém sabe exactamente.

Foi uma noite interminável. Para mim e para ela.

Esta manhã fui dar um passeio pelos bosques. O nevoeiro vinha do mar e penetrava entre as árvores, quase me perdi pelo caminho. O estalar de um ramo, o voo de um tordo que quase embateu no meu rosto. O cheiro a algas e a sal. Quando voltei, o nevoeiro antecipara-se e rodeara a casa, não distinguia as paredes e as janelas.

O impulso de caminhar, de caminhar sempre. Agora dentro de casa, que também cheira a algas e humidade. De repente avistei-a num corredor, com a sua blusa branca e a saia antiquada, mais Alice do que nunca, os olhos vermelhos e uma expressão firme na boca que eu nunca tinha visto antes.

Ela passou por mim sem me ver e dirigiu-se ao meu quarto. Abriu a porta e acendeu a luz. Olhou em volta com a perplexidade de sempre, a cama feita e a camisa de dormir, o robe na cadeira, as jarras cheias de rosas, rosas vermelhas e pesadas, a fotografia de Max sobre a cómoda, os meus cosméticos. O som do mar, que só se ouve deste lado da casa.

Dirigiu-se à janela e abriu-a, como se precisasse de respirar ar puro. Lá fora não se via nada, o nevoeiro fundo como um poço, com um leve cheiro a mar e a flores. Quase sem querer, aproximei-me dela.

O nevoeiro entrava pela casa onde não havia mais ninguém, só nós duas, repetindo uma luta velha como o tempo, mais velha do que o tempo. Nós duas que nos movíamos numa espécie de limbo, um ser que ainda não nasceu e um que se recusa a morrer, o anjo bom e o anjo caído, e tudo o mais, Max, Danny, o jardim, os cães, não passava de sombras no nosso sonho. De onde viemos, para onde vamos, os anjos caídos não sabem que caíram, continuam a ser anjos, só não encontram o caminho de volta; para um anjo caído há um anjo bom, e

envolvem-se na luta como num abraço, e não se distinguem um do outro, eles conhecem-se desde o princípio do mundo.
Eu agarrei-lhe no braço e olhámo-nos nos olhos, pela primeira vez. Procurei as palavras com cuidado.
Porque vieste para Manderley?
Eu estou apaixonada por ele.
Mas ele não é feliz. Eu vi o seu rosto, eu vi os seus olhos. Nos primeiros meses ele caminhava na biblioteca, de um lado para o outro, noite após noite, após noite...
Não quero saber.
Quase não reconheci a minha voz.
Eu ver-te-ei no Inferno...
Reparei que parecia muito baixa ao meu lado. Era uma luta desigual, mas isso não diminuiu a minha fúria. A tempestade formava-se no horizonte, o vento e o mar preparavam-se para a luta, as correntes submarinas transformavam-se num turbilhão. A onda enorme aproximava-se.
Ele não me esqueceu. Ele quer ficar sozinho comigo, nesta casa. Mesmo que passe as noites inteiras a caminhar de um lado para o outro...
Não é verdade. Nós éramos felizes antes de vir para aqui.
Fiquei impaciente.
Há coisas mais importantes.
Mais importantes do que ser feliz?
Talvez.
Algo dentro de mim sentia a tempestade a aproximar-se, e pela primeira vez não me distinguia do vento e do mar, não havia qualquer separação.
Desde que chegaste, talvez mesmo antes, sentiste a minha presença.
Sim.
Os meus passos.
O rumor dos teus passos, do teu vestido.

O meu cheiro.

O cheiro das azáleas... na casa toda.

Em Manderley há muitos cheiros, a minha cunhada diz que demasiados cheiros.

Mas o teu perfume é inconfundível.

Continuei a falar, sem saber bem o que dizia, era como se estivesse a falar comigo mesma, como se me encontrasse sozinha no quarto.

Porque eu e Manderley somos a mesma coisa. Quando ele voltou para Manderley estava a voltar para mim.

Não.

Porque não vais embora?

Esta é a minha casa, disse sem convicção.

Olhámos as duas para baixo, não havia nada além do nevoeiro, e o cheiro a algas e um frio inesperado, e não sei qual de nós estava mais perto de cair. *Fiery the angels fell...* De novo à beira de um precipício, de novo a repetir uma cena antiga. Fiz um esforço para me concentrar.

É tão fácil, murmurei.

Ela parecia hipnotizada, os olhos fixos no nevoeiro.

É tão fácil, repeti.

O meu tom era convincente, o anjo caído a tentar o anjo bom, de novo a maldita história...

Eu sei, disse ela.

Não vais sentir nada.

Não.

Não tens nenhum motivo para viver. Chegou a altura de ires embora.

De voltares para o lugar de onde vieste.

E ele não sentiria a sua falta. Ela não deixaria marcas atrás de si. Uma menina que brincava aos adultos, uma menina que não tinha ninguém, não tinha nada, além do seu caderno de esboços.

E quando ela desaparecesse Max ficaria comigo, no fundo era isso que ele desejava, ficar sozinho comigo. Nós dois, na nossa casa. Na biblioteca, debaixo do castanheiro, com as flores e os cães. Não me importava que a eternidade fosse assim. Tenho a impressão de que passou muito tempo. Estávamos ali, as duas, e nenhuma de nós queria romper o abraço. Mas vigiávamo-nos mutuamente se uma fizesse um movimento suspeito a outra saltaria como uma fera. A estranha proximidade entre os animais ferozes e os anjos.

E então, no meio do nevoeiro, vimos os foguetes, do lado do mar. Lembrei-me do fogo-de-artifício da noite anterior. Mas aqueles foguetes tinham um sentido diferente.

O que aconteceu, perguntou ela assustada.

Um naufrágio. Um barco que embateu contra as rochas.

Ficámos as duas a olhar para o nevoeiro, tentando ver qualquer coisa, ouvir qualquer coisa.

Inesperadamente, ela reagiu e deu-me um puxão.

Tenho de procurar Max.

Correu para fora do quarto como se um demónio a perseguisse.

E eu deixei-me ficar junto à janela, entre o meu quarto e o nevoeiro. Um naufrágio. Um barco a despedaçar-se contra as rochas. Uma alegria selvagem, um vago canto de sereias. Eu sempre sonhei com naufrágios, com tempestades de neve, a morte na água, a morte no mar.

20.
A tempestade

Naquela manhã, tinha ido dar um passeio pelos bosques. O nevoeiro vinha do mar e penetrava entre as árvores, parecia deslocar-se em direcção à casa. Quase se perdeu pelo caminho. O estalar de um ramo, o voo de um tordo que quase embateu no seu rosto. O cheiro a algas e a sal.

A tempestade aproximava-se. Qualquer coisa no ar, que a fazia recordar-se da onda de Hokusai, dos redemoinhos de Hiroshige. O mar agitado rebentando contra as rochas, de Hiroshige. Ele era o artista do nevoeiro, da neve e da chuva. Através das suas gravuras, era possível entrar em contacto directo com a natureza.

E eu nunca mais olhei da mesma forma a neve, a chuva, os rios, as pontes, pensou Rebecca.

Devia ser perto da hora de almoço, quando ouviu os foguetes do lado do mar. Um naufrágio, como nos velhos tempos. E a menina dentro dela, a menina que gostava de histórias de piratas e naufrágios, sentiu uma excitação inesperada. Mas aos poucos uma sensação indefinível começou a envolvê-la, algo de negro e profundo e assustador. E uma raiva enorme, que não sabia de onde vinha.

Via-se a si mesma a caminhar pelas rochas, com as mãos nos bolsos da gabardina e o vento a levantar-lhe o cabelo na horizontal, e havia algo nos seus olhos que meteria medo, se houvesse alguém por perto para sentir medo. Tinha a impressão de que fora ela a invocar a tempestade.

E então surgiram muitos homens na praia, no meio do nevoeiro. Reconheceu alguns dos criados e pescadores das vizinhanças. Max estava com eles, parecendo preocupado.

Ela caminhava entre as pessoas, ouvindo frases soltas aqui e ali, sem que ninguém se apercebesse da sua presença.

Mais tarde, ouviu dizer algo de estranho, os mergulhadores tinham encontrado um segundo barco no fundo do mar; era um barco à vela que todos conheciam bem, e lá dentro estava um corpo. Um corpo que perdera as roupas e a carne, mas ainda tinha as jóias, uma pulseira e dois anéis, um deles era uma aliança de casamento.

Ela não conseguia ver Max, e instintivamente dirigiu-se para o chalé. Pensava nas suas jóias, a pulseira com um símbolo do infinito, o anel que ele lhe comprara em Madrid, a aliança de ouro branco, devia tê-las deixado nalguma parte, estranho não se ter lembrado disso antes.

Max estava sentado numa cadeira, o queixo apoiado nas mãos. Aproximou-se e pela primeira vez ele sentiu a sua presença. Levantou os olhos, perplexo, parecia mais jovem, como na altura em que se tinham conhecido em Madrid, olhava-a da mesma forma, mas não a via.

Tu ganhaste, Rebecca, disse baixinho.

Eu?

Estiveste sempre aqui, como uma sombra negra, tirando-me a única oportunidade de ser feliz.

Há coisas mais importantes.

Quando entraste em Manderley, há muitos anos, foi como se desencadeasses todas as forças do inferno.

Só dentro de ti. As que existiam dentro de ti.

E nunca foste embora.

Tu não querias que eu fosse embora.

E finalmente aconteceu o que planeaste.

Mas Rebecca não teve tempo de responder. A rapariga surgiu

na porta. Vestia um casaco cinzento e tinha o cabelo húmido. Max levantou-se e ela correu para ele. Abraçaram-se com força, como se um perigo muito grande os ameaçasse. Depois, ele começou a explicar-lhe a situação, o barco que os mergulhadores tinham encontrado, o cadáver de uma mulher.

Rebecca sentou-se no divã e ficou a ouvi-los, esforçando-se por compreender.

Vão reconhecê-la pelas jóias, as pulseiras e os anéis que ela usava sempre.

Tu pensaste que eu amava Rebecca. Eu odiava-a.

Representámos tão bem o papel de marido e mulher.

Não é bom para a nossa sanidade mental, viver com o diabo.

Estavam ali os dois, mais próximos do que nunca, e ela era a intrusa. Era uma estranha no meio dos seus livros, dos seus barcos, dos seus mapas. Lembrou-se vagamente de um poema de Stevenson, de alguns versos.

Quando ele contou a cena da última noite, Rebecca percebeu que não tinha esquecido nada, nenhum gesto, nenhuma palavra. Max falava dela, da sua magreza, das suas olheiras, do cinzeiro cheio de beatas, do cigarro que tinha na mão, da roupa que vestia, do movimento da perna, das sandálias. E daquele filho que não era dele e que ia herdar Manderley. O filho que nunca tinha existido, ela só quisera ter filhos uma vez, quando era muito nova e estava apaixonada. E esses filhos eram dele.

Ele não a vira naquela noite como uma figura de El Greco mas como um anjo de Botticelli. Um rapazinho com o rosto de um anjo de Botticelli. Um anjo que na realidade era um demónio, não contribui para a sanidade mental, viver com um demónio.

Ela continuava a rir quando disparei o revólver.

O tiro atingiu-a no coração.

Rebecca fechou os olhos por instantes. Quase se perdeu num espaço muito íntimo, sem qualquer ligação com o mundo exterior.

O tiro atingiu-a no coração.
Fez um esforço para não perder nada do que se estava a passar. Max fixava a rapariga de uma forma estranha, como se ela tivesse a sua vida nas mãos.

Rebecca olhou para a rapariga com a mesma ansiedade do que ele. E o que viu tinha algo de surpreendente. A rapariga parecia ter crescido. Ou antes, ter amadurecido. A expressão ingénua e doce que a caracterizava desaparecera por completo. Talvez para sempre.

Abraçaram-se e ele disse que a amava. Talvez nunca o tivesse dito antes. E disse o nome dela, aquele nome bonito e raro que lhe ficava bem. A rapariga começou a fazer planos, nem se apercebeu de que estava a tornar-se cúmplice dele naquele instante. Era uma mulher a lutar pelo seu homem e não havia tempo a perder. Ele deveria dizer que se enganara ao identificar o primeiro corpo, um ano atrás.

A outra mulher levantou-se do divã e dirigiu-se para a porta. Não aguentava mais estar ali.

O jardim era um caos de dentes de leão, hera e urtigas. A sebe de urze estava maltratada pelo vento do mar. O pequeno portão de madeira que em tempos fora branco, desprendera-se e caíra para um lado.

Ela afastou-se do chalé e caminhou em direcção à praia. Imobilizou-se em frente do mar.

Um azul escuro, agitado por monstros invisíveis. O nevoeiro afastava-se, deixando o ar muito frio, quase gelado.

Sentia-se sozinha. Como nunca se sentira antes. Mesmo nas noites de chuva na cabana, ou nas noites que passara na biblioteca, velando as brasas na lareira e o sono dos cães.

Começou a trautear uma canção. Era a única coisa a que se podia agarrar naquele momento.

We lay my love and I beneath the weeping willow
But now alone I lie and weep beside the tree

Singing "Oh willow wally" by the tree that weeps with me.
Singing "Oh willow wally" till my lover returns to me.

We lay my love and I beneath the weeping willow.
A broken heart have I

Calou-se de repente, porque não se lembrava da letra. Não se lembrava das palavras.

    Tentou reconstituir, como fazia de vez em quando, as coisas essenciais. A oração que o pai lhe ensinara, o primeiro poema da sua vida. Um músico alto e negro, tocando piano num bar de Londres. As primeiras flores da primavera a despontarem nas praças. Um actor a representar o papel de um príncipe que tinha sonhos maus. Um santo a meditar numa gruta, em frente de uma caveira e um livro. Gravuras de Hiroshige, uma ponte sobre um rio, uma aldeia coberta de neve, o monte Fuji ao longe. E lilases.

    O nome das rosas. Blue Ice, Blue Moon, Blue River. Não há rosas azuis. Há rosas lavanda, violeta, lilases. Mas era tudo muito impreciso, havia falhas... como se tentasse recordar coisas que perdera há imenso tempo.

    Com uma sensação de horror, percebeu que não se lembrava do seu nome.

    Finalmente, começou a chover.

© Ana Teresa Pereira, 2008

Todos os direitos desta edição reservados à Todavia.

Respeitou-se aqui a grafia usada na edição original.

capa e ilustração de capa
Zansky
preparação
Ana Alvares
revisão
Erika Nogueira Vieira
Fernanda Alvares

Dados Internacionais de Catalogação na Publicação (CIP)

Pereira, Ana Teresa (1958-)
O verão selvagem dos teus olhos / Ana Teresa Pereira.
— 1. ed. — São Paulo : Todavia, 2022.

ISBN 978-65-5692-237-9

1. Literatura portuguesa. 2. Romance. I. Título.

CDD 869.3

Índice para catálogo sistemático:
1. Literatura portuguesa : Romance 869.3

Bruna Heller — Bibliotecária — CRB 10/2348

Edição apoiada pela DGLAB — Direção-Geral
do Livro, dos Arquivos e das Bibliotecas.

todavia
Rua Luís Anhaia, 44
05433.020 São Paulo SP
T. 55 11. 3094 0500
www.todavialivros.com.br

fonte
Register*
papel
Munken print cream
80 g/m²
impressão
Geográfica